La mort
d'Olivier Bécaille

ŒUVRES PRINCIPALES

Contes à Ninon
Thérèse Raquin
Naïs, suivi de *Pour une nuit d'amour*, Librio n°127
L'attaque du moulin, Librio n°182
Les Rougon-Macquart :
La fortune des Rougon
La curée
Le ventre de Paris
La conquête de Plassans
La faute de l'abbé Mouret
Son excellence Eugène Rougon
L'assommoir
Une page d'amour
Nana
Pot-Bouille
Au Bonheur des Dames
La joie de vivre
Germinal
L'œuvre
La terre
Le rêve
La bête humaine
L'argent
La débâcle
Le docteur Pascal
Trois villes :
Lourdes
Rome
Paris
Les Quatre Évangiles :
Fécondité
Travail
Vérité
J'accuse

Émile Zola

La mort
d'Olivier Bécaille

et autres nouvelles

Texte intégral

LA MORT D'OLIVIER BECAILLE

1

C'est un samedi, à six heures du matin que je suis mort après trois jours de maladie. Ma pauvre femme fouillait depuis un instant dans la malle, où elle cherchait du linge. Lorsqu'elle s'est relevée et qu'elle m'a vu rigide, les yeux ouverts, sans un souffle, elle est accourue, croyant à un évanouissement, me touchant les mains, se penchant sur mon visage. Puis, la terreur l'a prise ; et, affolée elle a bégayé, en éclatant en larmes :

– Mon Dieu ! mon Dieu ! il est mort !

J'entendais tout, mais les sons affaiblis semblaient venir de très loin. Seul, mon œil gauche percevait encore une lueur confuse, une lumière blanchâtre où les objets se fondaient ; l'œil droit se trouvait complètement paralysé. C'était une syncope de mon être entier, comme un coup de foudre qui m'avait anéanti. Ma volonté était morte, plus une fibre de ma chair ne m'obéissait. Et, dans ce néant, au-dessus de mes membres inertes, la pensée seule demeurait, lente et paresseuse, mais d'une netteté parfaite.

Ma pauvre Marguerite pleurait, tombée à genoux devant le lit, répétant d'une voix déchirée :

– Il est mort, mon Dieu ! il est mort !

Était-ce donc la mort, ce singulier état de torpeur, cette chair frappée d'immobilité, tandis que l'intelligence fonctionnait toujours ? Était-ce mon âme qui s'attardait ainsi dans mon crâne, avant de prendre son vol ? Depuis mon enfance, j'étais sujet à des crises nerveuses. Deux fois, tout jeune, des fièvres aiguës avaient failli m'emporter. Puis, autour de moi, on s'était habitué à me voir maladif ; et moi-même j'avais défendu à Marguerite d'aller chercher un médecin, lorsque je m'étais couché le matin de notre arrivée à Paris, dans cet hôtel meublé de la rue Dauphine. Un peu de repos suffirait, c'était la fatigue du voyage qui me courbaturait ainsi. Pourtant, je me sentais plein d'une angoisse affreuse. Nous avions quitté brusquement notre province, très pauvres, ayant à peine de quoi attendre les appointements de mon premier mois, dans l'administration où je m'étais assuré une place. Et voilà qu'une crise subite m'emportait !

Était-ce bien la mort ? Je m'étais imaginé une nuit plus noire, un silence plus lourd. Tout petit, j'avais déjà peur de mourir. Comme j'étais débile et que les gens me caressaient avec compassion, je pensais constamment que je ne vivrais pas, qu'on m'enterrerait de bonne heure. Et cette pensée de la terre me causait une épouvante, à laquelle je ne pouvais m'habituer, bien qu'elle me hantât nuit et jour. En grandissant, j'avais gardé cette idée fixe. Parfois, après des journées de réflexion, je croyais avoir vaincu ma peur. Eh bien ! on mourait, c'était fini ; tout le monde mourait un jour ; rien ne devait être plus commode ni meilleur. J'arrivais presque à être gai, je regardais la mort en face. Puis, un frisson brusque me glaçait, me rendait à mon vertige, comme si une main géante m'eût balancé au-dessus d'un gouffre noir. C'était la pensée de la terre qui revenait et emportait mes raisonnements. Que de fois, la nuit, je me suis réveillé en sursaut, ne sachant quel souffle avait passé sur mon sommeil, joignant les mains avec désespoir, balbutiant : « Mon Dieu ! mon Dieu ! il faut mourir ! » Une anxiété me serrait la poitrine, la nécessité de la mort me paraissait plus abominable, dans l'étourdissement du réveil. Je ne me rendormais qu'avec peine, le sommeil m'inquiétait, tellement il ressemblait à la mort. Si j'allais dormir toujours ! Si je fermais les yeux pour ne les rouvrir jamais !

J'ignore si d'autres ont souffert ce tourment. Il a désolé ma vie. La mort s'est dressée entre moi et tout ce que j'ai aimé. Je me souviens des plus heureux instants que j'ai passés avec Marguerite. Dans les premiers mois de notre mariage, lorsqu'elle dormait la nuit à mon côté, lorsque je songeais à elle en faisant des rêves d'avenir, sans cesse l'attente d'une séparation fatale gâtait mes joies, détruisait mes espoirs. Il faudrait nous quitter, peut-être demain, peut-être dans une heure. Un immense découragement me prenait, je me demandais à quoi bon le bonheur d'être ensemble, puisqu'il devait aboutir à un déchirement si cruel. Alors, mon imagination se plaisait dans le deuil. Qui partirait le premier, elle ou moi ? Et l'une ou l'autre alternative m'attendrissait aux larmes, en déroulant le tableau de nos vies brisées. Aux meilleures époques de mon existence, j'ai eu ainsi des mélancolies soudaines que personne ne comprenait. Lorsqu'il m'arrivait une bonne chance, on s'étonnait de me voir sombre. C'était que tout d'un coup, l'idée de mon néant avait traversé ma joie. Le terrible : « À quoi bon ? » sonnait comme un glas à mes oreilles. Mais le pis de ce tourment, c'est qu'on l'endure dans une honte secrète. On n'ose dire son mal à personne. Souvent le mari et la femme, couchés côte à côte, doivent frissonner du même frisson, quand la lumière est éteinte ; et ni l'un ni l'autre ne parle, car on ne parle pas de la mort, pas plus qu'on ne prononce certains mots obscènes. On a peur d'elle jusqu'à ne point la nommer, on la cache comme on cache son sexe.

Je réfléchissais à ces choses, pendant que ma chère Marguerite continuait à sangloter. Cela me faisait grand'peine de ne savoir comment calmer son chagrin, en lui disant que je ne souffrais pas. Si la mort n'était que cet évanouissement de la chair, en vérité j'avais eu tort de la tant redouter. C'était un bien-être égoïste, un repos dans lequel j'oubliais mes soucis. Ma mémoire surtout avait pris une vivacité extraordinaire. Rapidement, mon existence entière passait devant moi, ainsi qu'un spectacle auquel je me sentais désormais étranger. Sensation étrange et curieuse qui m'amusait : on aurait dit une voix lointaine qui me racontait mon histoire.

Il y avait un coin de campagne, près de Guérande, sur la route de Piriac, dont le souvenir me poursuivait. La route tourne, un petit bois de pins descend à la débandade une pente rocheuse. Lorsque j'avais sept ans, j'allais là avec mon père, dans une maison à demi écroulée, manger des crêpes chez les parents de Marguerite, des paludiers qui vivaient déjà péniblement des salines voisines. Puis, je me rappelais le collège de Nantes où j'avais grandi, dans l'ennui des vieux murs, avec le continuel désir du large horizon de Guérande, les marais salants à perte de vue, au bas de la ville, et la mer immense, étalée sous le ciel. Là, un trou noir se creusait : mon père mourait, j'entrais à l'administration de l'hôpital comme employé, je commençais une vie monotone, ayant pour unique joie mes visites du dimanche à la vieille maison de la route de Piriac. Les choses y marchaient de mal en pis, car les salines ne rapportaient presque plus rien, et le pays tombait à une grande misère. Marguerite n'était encore qu'une enfant. Elle m'aimait, parce que je la promenais dans une brouette. Mais, plus tard, le matin où je la demandai en mariage, je compris, à son geste effrayé, qu'elle me trouvait affreux. Les parents me l'avaient donnée tout de suite ; ça les débarrassait. Elle, soumise, n'avait pas dit non. Quand elle se fut habituée à l'idée d'être ma femme, elle ne parut plus trop ennuyée. Le jour du mariage, à Guérande, je me souviens qu'il pleuvait à torrents ; et, quand nous rentrâmes, elle dut se mettre en jupon, car sa robe était trempée.

Voilà toute ma jeunesse. Nous avons vécu quelque temps là-bas. Puis, un jour, en rentrant, je surpris ma femme pleurant à chaudes larmes. Elle s'ennuyait, elle voulait partir. Au bout de six mois, j'avais des économies, faites sou à sou, à l'aide de travaux supplémentaires ; et, comme un ancien ami de ma famille s'était occupé de me trouver une place à Paris, j'emmenai la chère enfant, pour qu'elle ne pleurât plus. En chemin de fer, elle riait. La nuit, la banquette des troisièmes classes étant très dure, je la pris sur mes genoux, afin qu'elle pût dormir mollement.

C'était là le passé. Et, à cette heure, je venais de mourir sur cette couche étroite d'hôtel meublé, tandis que ma femme, tombée à genoux sur le carreau, se lamentait. La tache blanche que percevait mon œil gauche pâlissait peu à peu ; mais je me rappelais très nettement la chambre. À gauche, était la commode ; à droite, la cheminée, au milieu de laquelle une pendule détraquée, sans balancier, marquait dix heures six minutes. La fenêtre s'ouvrait sur la rue Dauphine, noire et profonde. Tout Paris passait là, et dans un tel vacarme, que j'entendais les vitres trembler.

Nous ne connaissions personne à Paris. Comme nous avions pressé notre départ, on ne m'attendait que le lundi suivant à mon administration. Depuis que j'avais dû prendre le lit, c'était une étrange sensation que cet emprisonnement dans cette chambre, où le voyage venait de nous jeter, encore effarés de quinze heures de chemin de fer, étourdis du tumulte des rues. Ma femme m'avait soigné avec sa douceur souriante ; mais je sentais combien elle était troublée. De temps à autre, elle s'approchait de la fenêtre, donnait un coup d'œil à la rue, puis revenait toute pâle, effrayée par ce grand Paris dont elle ne connaissait pas une pierre et qui grondait si terriblement. Et qu'allait-elle faire, si je ne me réveillais plus ? qu'allait-elle devenir dans cette ville immense, seule, sans un soutien, ignorante de tout ?

Marguerite avait pris une de mes mains qui pendait, inerte au bord du lit ; et elle la baisait, et elle répétait follement :

– Olivier, réponds-moi… Mon Dieu ! il est mort ! il est mort !

La mort n'était donc pas le néant, puisque j'entendais et que je raisonnais. Seul, le néant m'avait terrifié, depuis mon enfance. Je ne m'imaginais pas la disparition de mon être, la suppression totale de ce que j'étais ; et cela pour toujours, pendant des siècles et des siècles encore, sans que jamais mon existence pût recommencer. Je frissonnais parfois, lorsque je trouvais dans un journal une date future du siècle prochain : je ne vivrais certainement plus à cette date, et cette année d'un avenir que je ne verrais pas, où je ne serais pas, m'emplissait d'angoisse. N'étais-je pas le monde, et tout ne croulerait-il pas, lorsque je m'en irais ?

Rêver de la vie dans la mort, tel avait toujours été mon espoir. Mais ce n'était pas la mort sans doute. J'allais certainement me réveiller tout à l'heure. Oui, tout à l'heure, je me pencherais et je saisirais Marguerite entre mes bras, pour sécher ses larmes. Quelle joie de nous retrouver ! et comme nous nous aimerions davantage ! Je prendrais encore deux jours de repos, puis j'irais à mon administration. Une vie nouvelle commencerait pour nous, plus heureuse, plus large. Seulement, je n'avais pas de hâte. Tout à l'heure, j'étais trop accablé. Marguerite avait tort de se désespérer ainsi, car je ne me sentais pas la force de tourner la tête sur l'oreiller pour lui sourire. Tout à l'heure, lorsqu'elle dirait de nouveau :

– Il est mort ! mon Dieu ! il est mort !
je l'embrasserais, je murmurerais très bas, afin de ne pas l'effrayer :

– Mais non, chère enfant. Je dormais. Tu vois bien que je vis et que je t'aime.

2

Aux cris que Marguerite poussait, la porte a été brusquement ouverte, et une voix s'est écriée :

– Qu'y a-t-il donc, ma voisine ?… Encore une crise, n'est-ce pas ?

J'ai reconnu la voix. C'était celle d'une vieille femme, Mme Gabin, qui demeurait sur le même palier que nous. Elle s'était montrée très obligeante, dès notre arrivée, émue par notre position. Tout de suite, elle nous avait raconté son histoire. Un propriétaire intraitable lui avait vendu ses meubles, l'hiver dernier ; et, depuis ce temps, elle logeait à l'hôtel, avec sa fille Adèle, une gamine de dix ans. Toutes deux découpaient des abat-jour, c'était au plus si elles gagnaient quarante sous à cette besogne.

– Mon Dieu ! est-ce que c'est fini ? demanda-t-elle en baissant la voix.

Je compris qu'elle s'approchait. Elle me regarda, me toucha, puis elle reprit avec pitié :

– Ma pauvre petite ! ma pauvre petite !

Marguerite, épuisée, avait des sanglots d'enfant. Mme Gabin la souleva, l'assit dans le fauteuil boiteux qui se trouvait près de la cheminée ; et, là, elle tâcha de la consoler.

– Vrai, vous allez vous faire du mal. Ce n'est pas parce que votre mari est parti, que vous devez vous crever de désespoir. Bien sûr, quand j'ai perdu Gabin, j'étais pareille à vous, je suis restée trois jours sans pouvoir avaler gros comme ça de nourriture. Mais ça ne m'a avancée à rien ;

au contraire, ça m'a enfoncée davantage… Voyons pour l'amour de Dieu… Soyez raisonnable.

Peu à peu, Marguerite se tut. Elle était à bout de force ; et, de temps à autre, une crise de larmes la secouait encore. Pendant ce temps, la vieille femme prenait possession de la chambre, avec une autorité bourrue.

– Ne vous occupez de rien, répétait-elle. Justement, Dédé est allée reporter l'ouvrage ; puis, entre voisins, il faut bien s'entr'aider… Dites donc, vos malles ne sont pas encore complètement défaites ; mais il y a du linge dans la commode, n'est-ce pas ?

Je l'entendis ouvrir la commode. Elle dut prendre une serviette, qu'elle vint étendre sur la table de nuit. Ensuite, elle frotta une allumette, ce qui me fit penser qu'elle allumait près de moi une des bougies de la cheminée, en guise de cierge. Je suivais chacun de ses mouvements dans la chambre, je me rendais compte de ses moindres actions.

– Ce pauvre monsieur ! murmura-t-elle. Heureusement que je vous ai entendue crier, ma chère.

Et, tout d'un coup, la lueur vague que je voyais encore de mon œil gauche, disparut. Mme Gabin venait de me fermer les yeux. Je n'avais pas eu la sensation de son doigt sur ma paupière. Quand j'eus compris, un léger froid commença à me glacer.

Mais la porte s'était rouverte. Dédé, la gamine de dix ans, entrait en criant de sa voix flûtée :

– Maman ! maman ! ah ! je savais bien que tu étais ici !… Tiens, voilà ton compte, trois francs quatre sous… J'ai rapporté vingt douzaines d'abat-jour…

– Chut ! chut ! tais-toi donc ! répétait vainement la mère.

Comme la petite continuait, elle lui montra le lit. Dédé s'arrêta, et je la sentis inquiète, reculant vers la porte.

– Est-ce que le monsieur dort ? demanda-t-elle très bas.

– Oui, va-t'en jouer, répondit Mme Gabin.

Mais l'enfant ne s'en allait pas. Elle devait me regarder de ses yeux agrandis, effarée et comprenant vaguement. Brusquement, elle parut prise d'une peur folle, elle se sauva en culbutant une chaise.

– Il est mort, oh ! maman, il est mort.

Un profond silence régna. Marguerite, accablée dans le fauteuil, ne pleurait plus. Mme Gabin rôdait toujours par la chambre. Elle se remit à parler entre ses dents.

– Les enfants savent tout, au jour d'aujourd'hui. Voyez celle-là. Dieu sait si je l'élève bien ! Lorsqu'elle va faire une commission ou que je l'envoie reporter l'ouvrage, je calcule les minutes, pour être sûre qu'elle ne galopine pas... Ça ne fait rien, elle sait tout, elle a vu d'un coup d'œil ce qu'il en était. Pourtant, on ne lui a jamais montré qu'un mort, son oncle François, et, à cette époque, elle n'avait pas quatre ans... Enfin, il n'y a plus d'enfants, que voulez-vous !

Elle s'interrompit, elle passa sans transition à un autre sujet.

– Dites donc, ma petite, il faut songer aux formalités, la déclaration à la mairie, puis tous les détails du convoi. Vous n'êtes pas en état de vous occuper de ça. Moi, je ne veux pas vous laisser seule... Hein ? si vous le permettez, je vais voir si M. Simoneau est chez lui

Marguerite ne répondit pas. J'assistais à toutes ces scènes comme de très loin. Il me semblait, par moments, que je volais, ainsi qu'une flamme subtile, dans l'air de la chambre, tandis qu'un étranger, une masse informe reposait inerte sur le lit. Cependant, j'aurais voulu que Marguerite refusât les services de ce Simoneau. Je l'avais aperçu trois ou quatre fois durant ma courte maladie. Il habitait une chambre voisine et se montrait très serviable. Mme Gabin nous avait raconté qu'il se trouvait simplement de passage à Paris, où il venait recueillir d'anciennes créances de son père, retiré en province et mort dernièrement. C'était un grand garçon, très beau, très fort. Je le détestais, peut-être parce qu'il se portait bien. La veille, il était encore entré, et j'avais souffert de le voir assis près de Marguerite. Elle était si jolie, si blanche à côté de lui !

Et il l'avait regardée si profondément, pendant qu'elle lui souriait, en disant qu'il était bien bon de venir ainsi prendre de mes nouvelles !

– Voici M. Simoneau, murmura Mme Gabin, qui rentrait.

Il poussa doucement la porte, et, dès qu'elle l'aperçut, Marguerite de nouveau éclata en larmes. La présence de cet ami, du seul homme qu'elle connût, réveillait en elle sa douleur. Il n'essaya pas de la consoler. Je ne pouvais le voir ; mais, dans les ténèbres qui m'enveloppaient, j'évoquais sa figure, et je le distinguais nettement, troublé, chagrin de trouver la pauvre femme dans un tel désespoir. Et qu'elle devait être belle pourtant, avec ses cheveux blonds dénoués, sa face pâle, ses chères petites mains d'enfant brûlantes de fièvre !

– Je me mets à votre disposition, madame, murmura Simoneau. Si vous voulez bien me charger de tout…

Elle ne lui répondit que par des paroles entrecoupées. Mais, comme le jeune homme se retirait, Mme Gabin l'accompagna, et je l'entendis qui parlait d'argent, en passant près de moi. Cela coûtait toujours très cher ; elle craignait bien que la pauvre petite n'eût pas un sou. En tout cas, on pouvait la questionner. Simoneau fit taire la vieille femme. Il ne voulait pas qu'on tourmentât Marguerite. Il allait passer à la mairie et commander le convoi.

Quand le silence recommença, je me demandai si ce cauchemar durerait longtemps ainsi. Je vivais puisque je percevais les moindres faits extérieurs. Et je commençais à me rendre un compte exact de mon état. Il devait s'agir d'un de ces cas de catalepsie dont j'avais entendu parler. Déjà, quand j'étais enfant, à l'époque de ma grande maladie nerveuse, j'avais eu des syncopes de plusieurs heures. Évidemment c'était une crise de cette nature qui me tenait rigide, comme mort, et qui trompait tout le monde autour de moi. Mais le cœur allait reprendre ses battements, le sang circulerait de nouveau dans la détente des muscles ; et je m'éveillerais, et je consolerais Marguerite. En raisonnant ainsi, je m'exhortai à la patience.

Les heures passaient. Mme Gabin avait apporté son déjeuner. Marguerite refusait toute nourriture. Puis, l'après-midi s'écoula. Par la fenêtre laissée ouverte, montaient les bruits de la rue Dauphine. À un léger tintement du cuivre du chandelier sur le marbre de la table de nuit, il me sembla qu'on venait de changer la bougie. Enfin, Simoneau reparut.

– Eh bien ? lui demanda à demi-voix la vieille femme.

– Tout est réglé, répondit-il. Le convoi est pour demain onze heures… Ne vous inquiétez de rien et ne parlez pas de ces choses devant cette pauvre femme.

17

Mme Gabin reprit quand même :

– Le médecin des morts n'est pas venu encore.

Simoneau alla s'asseoir près de Marguerite, l'encouragea, et se tut. Le convoi était pour le lendemain onze heures : cette parole retentissait dans mon crâne comme un glas. Et ce médecin qui ne venait point, ce médecin des morts, comme le nommait Mme Gabin ! Lui, verrait bien tout de suite que j'étais simplement en léthargie. Il ferait le nécessaire, il saurait m'éveiller. Je l'attendais dans une impatience affreuse.

Cependant, la journée s'écoula. Mme Gabin, pour ne pas perdre son temps, avait fini par apporter ses abat-jour. Même, après en avoir demandé la permission à Marguerite, elle fit venir Dédé, parce que, disait-elle, elle n'aimait guère laisser les enfants longtemps seuls.

– Allons, entre, murmura-t-elle en amenant la petite, et ne fais pas la bête, ne regarde pas de ce côté, ou tu auras affaire à moi.

Elle lui défendait de me regarder, elle trouvait cela plus convenable. Dédé, sûrement, glissait des coups d'œil de temps à autre, car j'entendais sa mère lui allonger des claques sur les bras. Elle lui répétait furieusement :

– Travaille, ou je te fais sortir. Et, cette nuit, le monsieur ira te tirer les pieds.

Toutes deux, la mère et la fille, s'étaient installées devant notre table. Le bruit de leurs ciseaux découpant les abat-jour me parvenait distinctement ; ceux-là, très délicats, demandaient sans doute un découpage compliqué, car elles n'allaient pas vite : je les comptais un à un, pour combattre mon angoisse croissante.

Et, dans la chambre, il n'y avait que le petit bruit des ciseaux. Marguerite, vaincue par la fatigue, devait s'être assoupie. À deux reprises, Simoneau se leva. L'idée abominable qu'il profitait du sommeil de Marguerite, pour effleurer des lèvres ses cheveux, me torturait. Je ne connaissais pas cet homme, et je sentais qu'il aimait ma femme. Un rire de la petite Dédé acheva de m'irriter.

– Pourquoi ris-tu, imbécile ? lui demanda sa mère. Je vais te mettre sur le carré… Voyons, réponds, qu'est-ce qui te fait rire ?

L'enfant balbutiait. Elle n'avait pas ri, elle avait toussé. Moi, je m'imaginais qu'elle devait avoir vu Simoneau se pencher vers Marguerite, et que cela lui paraissait drôle.

La lampe était allumée, lorsqu'on frappa.

– Ah ! voici le médecin, dit la vieille femme.

C'était le médecin, en effet. Il ne s'excusa même pas de venir si tard. Sans doute, il avait eu bien des étages à monter, dans la journée. Comme la lampe éclairait très faiblement la chambre, il demanda :

– Le corps est ici ?

– Oui, monsieur, répondit Simoneau.

Marguerite s'était levée, frissonnante. Mme Gabin avait mis Dédé sur le palier, parce qu'un enfant n'a pas besoin d'assister à ça ; et elle s'efforçait d'entraîner ma femme vers la fenêtre, afin de lui épargner un tel spectacle.

Pourtant, le médecin venait de s'approcher d'un pas rapide. Je le devinais fatigué, pressé, impatienté. M'avait-il touché la main ? Avait-il posé la sienne sur mon cœur ? Je ne saurais le dire. Mais il me sembla qu'il s'était simplement penché d'un air indifférent.

– Voulez-vous que je prenne la lampe pour vous éclairer ? offrit Simoneau avec obligeance.

– Non, inutile, dit le médecin tranquillement.

Comment ! inutile ! Cet homme avait ma vie entre les mains, et il jugeait inutile de procéder à un examen attentif. Mais je n'étais pas mort ! j'aurais voulu crier que je n'étais pas mort !

– À quelle heure est-il mort ? reprit-il.

– À six heures du matin, répondit Simoneau.

Une furieuse révolte montait en moi, dans les liens terribles qui me liaient. Oh ! ne pouvoir parler, ne pouvoir remuer un membre !

Le médecin ajouta :

– Ce temps lourd est mauvais... Rien n'est fatigant comme ces premières journées de printemps.

Et il s'éloigna. C'était ma vie qui s'en allait. Des cris, des larmes, des injures m'étouffaient, déchiraient ma gorge convulsée, où ne passait plus un souffle. Ah ! le misérable, dont l'habitude professionnelle avait fait une machine, et qui venait au lit des morts avec l'idée d'une simple formalité à remplir ! Il ne savait donc rien, cet homme ! Toute sa

19

science était donc menteuse, puisqu'il ne pouvait d'un coup d'œil distinguer la vie de la mort! Et il s'en allait, et il s'en allait!

– Bonsoir, monsieur, dit Simoneau.

Il y eut un silence. Le médecin devait s'incliner devant Marguerite, qui était revenue, pendant que Mme Gabin fermait la fenêtre. Puis, il sortit de la chambre, j'entendis ses pas qui descendaient l'escalier.

Allons, c'était fini, j'étais condamné. Mon dernier espoir disparaissait avec cet homme. Si je ne m'éveillais pas avant le lendemain onze heures, on m'enterrait vivant. Et cette pensée était si effroyable, que je perdis conscience de ce qui m'entourait. Ce fut comme un évanouissement dans la mort elle-même. Le dernier bruit qui me frappa fut le petit bruit des ciseaux de Mme Gabin et de Dédé. La veillée funèbre commençait. Personne ne parlait plus. Marguerite avait refusé de dormir dans la chambre de la voisine. Elle était là, couchée à demi au fond du fauteuil, avec son beau visage pâle, ses yeux clos dont les cils restaient trempés de larmes; tandis que, silencieux dans l'ombre, assis devant elle, Simoneau la regardait.

3

Je ne puis dire quelle fut mon agonie, pendant la matinée du lendemain. Cela m'est demeuré comme un rêve horrible, où mes sensations étaient si singulières, si troublées, qu'il me serait difficile de les noter exactement. Ce qui rendait ma torture affreuse, c'était que j'espérais toujours un brusque réveil. Et, à mesure que l'heure du convoi approchait, l'épouvante m'étranglait davantage.

Ce fut vers le matin seulement que j'eus de nouveau conscience des personnes et des choses qui m'entouraient. Un grincement de l'espagnolette me tira de ma somnolence. Mme Gabin avait ouvert la fenêtre. Il devait être environ sept heures, car j'entendais des cris de marchands, dans la rue, la voix grêle d'une gamine qui vendait du mouron, une autre voix enrouée criant des carottes. Ce réveil bruyant de Paris me calma d'abord : il me semblait impossible qu'on m'enfouît dans la terre, au milieu de toute cette vie. Un souvenir achevait de me rassurer. Je me rappelais avoir vu un cas pareil au mien, lorsque j'étais employé à l'hôpital de Guérande. Un homme y avait ainsi dormi pendant vingt-huit heures, son sommeil était même si profond, que les médecins hésitaient à se prononcer ; puis, cet homme s'était assis sur son séant, et il avait pu se lever tout de suite. Moi, il y avait déjà vingt-cinq heures que je dormais. Si je m'éveillais vers dix heures, il serait temps encore.

Je tâchai de me rendre compte des personnes qui se trouvaient dans la chambre, et de ce qu'on y faisait. La petite Dédé devait jouer sur le carré, car la porte s'étant ouverte, un rire d'enfant vint du dehors. Sans doute, Simoneau n'était plus là : aucun bruit ne me révélait sa présence. Les savates de Mme Gabin traînaient seules sur le carreau. On parla enfin.

– Ma chère, dit la vieille, vous avez tort de ne pas en prendre pendant qu'il est chaud, ça vous soutiendrait.

Elle s'adressait à Marguerite, et le léger égouttement du filtre, sur la cheminée, m'apprit qu'elle était en train de faire du café.

– Ce n'est pas pour dire, continua-t-elle, mais j'avais besoin de ça… À mon âge, ça ne vaut rien de veiller. Et c'est si triste, la nuit, quand il y a un malheur dans une maison… Prenez donc du café, ma chère, une larme seulement.

Et elle força Marguerite à en boire une tasse.

– Hein ? c'est chaud, ça vous remet. Il vous faut des forces pour aller jusqu'au bout de la journée… Maintenant, si vous étiez bien sage, vous passeriez dans ma chambre, et vous attendriez là.

– Non, je veux rester, répondit Marguerite résolument.

Sa voix, que je n'avais plus entendue depuis la veille, me toucha beaucoup. Elle était changée, brisée de douleur. Ah ! chère femme ! je la sentais près de moi, comme une consolation dernière. Je savais qu'elle ne me quittait pas des yeux, qu'elle me pleurait de toutes les larmes de son cœur.

Mais les minutes passaient. Il y eut, à la porte, un bruit que je ne m'expliquai pas d'abord. On aurait dit l'emménagement d'un meuble qui se heurtait contre les murs de l'escalier trop étroit. Puis, je compris, en entendant de nouveau les larmes de Marguerite. C'était la bière.

– Vous venez trop tôt, dit Mme Gabin d'un air de mauvaise humeur. Posez ça derrière le lit.

Quelle heure était-il donc ? Neuf heures peut-être. Ainsi, cette bière était déjà là. Et je la voyais dans la nuit épaisse, toute neuve, avec ses planches à peine rabotées. Mon Dieu ! est-ce que tout allait finir ? est-ce qu'on m'emporterait dans cette boîte, que je sentais à mes pieds ?

J'eus pourtant une suprême joie. Marguerite, malgré sa faiblesse, voulut me donner les derniers soins. Ce fut elle qui, aidée de la vieille femme, m'habilla, avec une tendresse de sœur et d'épouse. Je sentais que j'étais une fois encore entre ses bras, à chaque vêtement qu'elle me passait. Elle s'arrêtait, succombant sous l'émotion ; elle m'étreignait, elle me baignait de ses pleurs. J'aurais voulu pouvoir lui rendre son étreinte, en lui criant : « Je vis ! » et je restais impuissant, je devais m'abandonner comme une masse inerte.

– Vous avez tort, tout ça est perdu, répétait Mme Gabin.

Marguerite répondait de sa voix entrecoupée :

– Laissez-moi, je veux lui mettre ce que nous avons de plus beau.

Je compris qu'elle m'habillait comme pour le jour de nos noces. J'avais encore ces vêtements, dont je comptais ne me servir à Paris que les grands jours. Puis, elle retomba dans le fauteuil, épuisée par l'effort qu'elle venait de faire.

Alors, tout d'un coup, Simoneau parla. Sans doute, il venait d'entrer.

– Ils sont en bas, murmura-t-il.

– Bon, ce n'est pas trop tôt, répondit Mme Gabin, en baissant également la voix. Dites-leur de monter, il faut en finir.

– C'est que j'ai peur du désespoir de cette pauvre femme.

La vieille parut réfléchir. Elle reprit :

– Écoutez, monsieur Simoneau, vous allez l'emmener de force dans ma chambre… Je ne veux pas qu'elle reste ici.

C'est un service à lui rendre... Pendant ce temps, en un tour de main, ce sera bâclé.

Ces paroles me frappèrent au cœur. Et que devins-je, lorsque j'entendis la lutte affreuse qui s'engagea ! Simoneau s'était approché de Marguerite, en la suppliant de ne pas demeurer dans la pièce.

– Par pitié, implorait-il, venez avec moi, épargnez-vous une douleur inutile.

– Non, non, répétait ma femme, je resterai, je veux rester jusqu'au dernier moment. Songez donc que je n'ai que lui au monde, et que, lorsqu'il ne sera plus là, je serai seule.

Cependant, près du lit, Mme Gabin soufflait à l'oreille du jeune homme :

– Marchez donc, empoignez-la, emportez-la dans vos bras.

Est-ce que ce Simoneau allait prendre Marguerite et l'emporter ainsi ? Tout de suite, elle cria. D'un élan furieux, je voulus me mettre debout. Mais les ressorts de ma chair étaient brisés. Et je restais si rigide, que je ne pouvais même soulever les paupières pour voir ce qui se passait là, devant moi. La lutte se prolongeait, ma femme s'accrochait aux meubles, en répétant :

– Oh ! de grâce, de grâce, monsieur... Lâchez-moi, je ne veux pas.

Il avait dû la saisir dans ses bras vigoureux, car elle ne poussait plus que des plaintes d'enfant. Il l'emporta, les sanglots se perdirent, et je m'imaginais les voir, lui grand et solide, l'emmenant sur sa poitrine, à son cou, et elle, éplorée, brisée, s'abandonnant, le suivant désormais partout où il voudrait la conduire.

– Fichtre ! ça n'a pas été sans peine ! murmura Mme Gabin. Allons, houp ! maintenant que le plancher est débarrassé !

Dans la colère jalouse qui m'affolait, je regardais cet enlèvement comme un rapt abominable. Je ne voyais plus Marguerite depuis la veille, mais je l'entendais encore. Maintenant, c'était fini ; on venait de me la prendre ; un homme l'avait ravie, avant même que je fusse dans la terre. Et il était avec elle, derrière la cloison, seul à la consoler, à l'embrasser peut-être !

La porte s'était ouverte de nouveau, des pas lourds marchaient dans la pièce.

– Dépêchons, dépêchons, répétait Mme Gabin. Cette petite dame n'aurait qu'à revenir.

Elle parlait à des gens inconnus et qui ne lui répondaient que par des grognements.

– Moi, vous comprenez, je ne suis pas une parente, je ne suis qu'une voisine. Je n'ai rien à gagner dans tout ça. C'est par pure bonté de cœur que je m'occupe de leurs affaires. Et ce n'est déjà pas si gai… Oui, oui, j'ai passé la nuit. Même qu'il ne faisait guère chaud, vers quatre heures. Enfin, j'ai toujours été bête, je suis trop bonne.

À ce moment, on tira la bière au milieu de la chambre, et je compris. Allons, j'étais condamné, puisque le réveil ne venait pas. Mes idées perdaient de leur netteté, tout roulait en moi dans une fumée noire ; et j'éprouvais une telle lassitude, que ce fut comme un soulagement, de ne plus compter sur rien.

– On n'a pas épargné le bois, dit la voix enrouée d'un croque-mort. La boîte est trop longue.

– Eh bien ! il y sera à l'aise, ajouta un autre en s'égayant.

Je n'étais pas lourd, et ils s'en félicitaient, car ils avaient trois étages à descendre. Comme ils m'empoignaient par les épaules et par les pieds, Mme Gabin tout d'un coup se fâcha.

– Sacrée gamine ! cria-t-elle, il faut qu'elle mette son nez partout… Attends, je vais te faire regarder par les fentes.

C'était Dédé qui entrebâillait la porte et passait sa tête ébouriffée. Elle voulait voir mettre le monsieur dans la boîte. Deux claques vigoureuses retentirent, suivies d'une explosion de sanglots. Et quand la mère fut rentrée, elle causa de sa fille avec les hommes qui m'arrangeaient dans la bière.

– Elle a dix ans. C'est un bon sujet ; mais elle est curieuse… Je ne la bats pas tous les jours, seulement, il faut qu'elle obéisse.

– Oh ! vous savez, dit un des hommes, toutes les gamines sont comme ça… Lorsqu'il y a un mort quelque part, elles sont toujours à tourner autour.

J'étais allongé commodément, et j'aurais pu croire que je me trouvais encore sur le lit, sans une gêne de mon bras gauche, qui était un peu serré contre une planche. Ainsi qu'ils le disaient, je tenais très bien là-dedans, grâce à ma petite taille.

– Attendez, s'écria Mme Gabin, j'ai promis à sa femme de lui mettre un oreiller sous la tête.

Mais les hommes étaient pressés, ils fourrèrent l'oreiller en me brutalisant. Un d'eux cherchait partout le marteau, avec des jurons. On l'avait oublié en bas, et il fallut descendre. Le couvercle fut posé, je ressentis un ébranlement de tout mon corps, lorsque deux coups de marteau enfoncèrent le premier clou. C'en était fait, j'avais vécu. Puis, les clous entrèrent un à un, rapidement, tandis que le marteau sonnait en cadence. On aurait dit des emballeurs clouant une boîte de fruits secs, avec leur adresse insouciante. Dès lors, les bruits ne m'arrivèrent plus qu'assourdis et prolongés, résonnant d'une étrange manière, comme si le cercueil de sapin s'était transformé en une grande caisse d'harmonie. La dernière parole qui frappa mes oreilles, dans cette chambre de la rue Dauphine, ce fut cette phrase de Mme Gabin :

– Descendez doucement, et méfiez-vous de la rampe au second, elle ne tient plus.

On m'emportait, j'avais la sensation d'être roulé dans une mer houleuse. D'ailleurs, à partir de ce moment, mes souvenirs sont très vagues. Je me rappelle pourtant que l'unique préoccupation qui me tenait encore, préoccupation imbécile et comme machinale, était de me rendre compte de la route que nous prenions pour aller au cimetière. Je ne connaissais pas une rue de Paris, j'ignorais la position exacte des grands cimetières, dont on avait parfois prononcé les noms devant moi, et cela ne m'empêchait pas de concentrer les derniers efforts de mon intelligence, afin de deviner si nous tournions à droite ou à gauche. Le corbillard me cahotait sur les pavés. Autour de moi, le roulement des voitures, le piétinement des passants faisaient une clameur confuse que développait la sonorité du cercueil. D'abord, je suivis l'itinéraire avec assez de netteté. Puis, il y eut une station, on me promena, et je compris que nous étions à l'église. Mais, quand le corbillard s'ébranla de nouveau, je perdis toute conscience des lieux que nous traversions. Une volée de cloches m'avertit que nous passions près d'une église ; un roulement plus doux et continu me fit croire que nous longions une promenade. J'étais comme un condamné mené au lieu du supplice, hébété, attendant le coup suprême qui ne venait pas.

On s'arrêta, on me tira du corbillard. Et ce fut bâclé tout de suite. Les bruits avaient cessé, je sentais que j'étais dans un lieu désert, sous des arbres, avec le large ciel sur ma tête. Sans doute, quelques personnes suivaient le convoi, les locataires de l'hôtel, Simoneau et d'autres, car des chuchotements arrivaient jusqu'à moi. Il y eut une psalmodie, un prêtre balbutiait du latin. On piétina deux minutes. Puis, brusquement, je sentis que je m'enfonçais ; tandis que des cordes frottaient comme des archets, contre les angles du cercueil, qui rendait un son de contrebasse fêlée. C'était la fin. Un choc terrible, pareil au retentissement d'un coup de canon, éclata un peu à gauche de ma tête ; un second choc se produisit à mes pieds ; un autre, plus violent encore, me tomba sur le ventre, si sonore, que je crus la bière fendue en deux. Et je m'évanouis.

4

Combien de temps restai-je ainsi ? je ne saurais le dire. Une éternité et une seconde ont la même durée dans le néant. Je n'étais plus. Peu à peu, confusément, la conscience d'être me revint. Je dormais toujours, mais je me mis à rêver. Un cauchemar se détacha du fond noir qui barrait mon horizon. Et ce rêve que je faisais était une imagination étrange, qui m'avait souvent tourmenté autrefois, les yeux ouverts, lorsque, avec ma nature prédisposée aux inventions horribles, je goûtais l'atroce plaisir de me créer des catastrophes.

Je m'imaginais donc que ma femme m'attendait quelque part, à Guérande, je crois, et que j'avais pris le chemin de fer pour aller la rejoindre. Comme le train passait sous un tunnel, tout à coup, un effroyable bruit roulait avec un fracas de tonnerre. C'était un double écroulement qui venait de se produire. Notre train n'avait pas reçu une pierre, les wagons restaient intacts ; seulement, aux deux bouts du tunnel, devant et derrière nous, la voûte s'était effondrée, et nous nous trouvions ainsi au centre d'une montagne, murés par des blocs de rocher. Alors commençait une longue et affreuse agonie. Aucun espoir de secours ; il fallait un mois pour déblayer le tunnel ; encore ce travail demandait-il des précautions infinies, des machines puissantes. Nous étions prisonniers dans une sorte de cave sans issue. Notre mort à tous n'était plus qu'une question d'heures.

Souvent, je le répète, mon imagination avait travaillé sur cette donnée terrible. Je variais le drame à l'infini. J'avais pour acteurs des hommes, des femmes, des enfants, plus de cent personnes, toute une foule qui me fournissait sans cesse de nouveaux épisodes. Il se trouvait bien quelques provisions dans le train ; mais la nourriture manquait vite, et sans aller jusqu'à se manger entre eux, les misérables affamés se disputaient férocement le dernier morceau de pain. C'était un vieillard qu'on repoussait à coups de poing et qui agonisait ; c'était une mère qui se battait comme une louve, pour défendre les trois ou quatre bouchées réservées à son enfant. Dans mon wagon, deux jeunes mariés râlaient aux bras l'un de l'autre, et ils n'espéraient plus, ils ne bougeaient plus. D'ailleurs, la voie était libre, les gens descendaient, rôdaient le long du train, comme des bêtes lâchées, en quête d'une proie. Toutes les classes se mêlaient, un homme très riche, un haut fonctionnaire, disait-on, pleurait au cou d'un ouvrier, en le tutoyant. Dès les premières heures, les lampes s'étaient épuisées, les feux de la locomotive avaient fini par s'éteindre. Quand on passait d'un wagon à un autre, on tâtait les roues de la main pour ne pas se cogner, et l'on arrivait ainsi à la locomotive, que l'on reconnaissait à sa bielle froide, à ses énormes flancs endormis, force inutile, muette et immobile dans l'ombre. Rien n'était plus effrayant que ce train, ainsi muré tout entier sous terre, comme enterré vivant, avec ses voyageurs, qui mouraient un à un.

Je me complaisais, je descendais dans l'horreur des moindres détails. Des hurlements traversaient les ténèbres. Tout d'un coup, un voisin qu'on ne savait pas là, qu'on ne voyait pas, s'abattait contre votre épaule. Mais, cette fois, ce dont je souffrais surtout, c'était du froid et du manque d'air. Jamais je n'avais eu si froid ; un manteau de neige me tombait sur les épaules, une humidité lourde pleuvait sur mon crâne. Et j'étouffais avec cela, il me semblait que la voûte de rocher croulait sur ma poitrine, que toute la montagne pesait et m'écrasait. Cependant, un cri de délivrance avait retenti. Depuis longtemps, nous nous imaginions entendre au loin un bruit sourd, et nous nous bercions de l'espoir qu'on travaillait près de nous. Le salut n'arrivait point de là pourtant. Un de nous venait de découvrir un puits dans le tunnel ; et nous courions tous, nous allions voir ce puits d'air, en haut duquel on apercevait une tache bleue, grande comme un pain à cacheter. Oh ! quelle joie, cette tache bleue ! C'était le ciel, nous nous grandissions vers elle pour respirer, nous distinguions nettement des points noirs qui s'agitaient, sans doute des ouvriers en train d'établir un treuil, afin d'opérer notre sauvetage. Une clameur furieuse : « Sauvés ! sauvés ! » sortait de toutes les bouches, tandis que des bras tremblants se levaient vers la petite tache d'un bleu pâle.

Ce fut la violence de cette clameur qui m'éveilla. Où étais-je ? Encore dans le tunnel sans doute. Je me trouvais couché tout de mon long, et je sentais, à droite et à gauche, de dures parois qui me serraient les flancs. Je voulus me lever, mais je me cognai violemment le crâne. Le roc m'enveloppait donc de toutes parts ? Et la tache bleue avait disparu, le ciel n'était plus là, même lointain. J'étouffais toujours, je claquais des dents, pris d'un frisson.

Brusquement, je me souvins. Une horreur souleva mes cheveux, je sentis l'affreuse vérité couler en moi, des pieds à la tête, comme une glace. Étais-je sorti enfin de cette syncope, qui m'avait frappé pendant de longues heures d'une rigidité de cadavre ? Oui, je remuais, je promenais les mains le long des planches du cercueil. Une dernière épreuve me restait à faire : j'ouvris la bouche, je parlai, appelant Marguerite, instinctivement. Mais j'avais hurlé, et ma voix, dans cette boîte de sapin, avait pris un son rauque si effrayant, que je m'épouvantai moi-même. Mon Dieu ! c'était donc vrai ? je pouvais marcher, crier que je vivais, et ma voix ne serait pas entendue, et j'étais enfermé, écrasé sous la terre !

Je fis un effort suprême pour me calmer et réfléchir. N'y avait-il aucun moyen de sortir de là ? Mon rêve recommençait, je n'avais pas encore le cerveau bien solide, je mêlais l'imagination du puits d'air et de sa tache de ciel, avec la réalité de la fosse où je suffoquais. Les yeux démesurément ouverts, je regardais les ténèbres. Peut-être apercevrais-je un trou, une fente, une goutte de lumière ! Mais des étincelles de feu passaient seules dans la nuit, des clartés rouges s'élargissaient et s'évanouissaient. Rien, un gouffre noir, insondable. Puis, la lucidité me revenait, j'écartais ce cauchemar imbécile. Il me fallait toute ma tête, si je voulais tenter le salut.

D'abord, le grand danger me parut être dans l'étouffement qui augmentait. Sans doute, j'avais pu rester si longtemps privé d'air, grâce à la syncope qui suspendait en moi les fonctions de l'existence ; mais, maintenant que mon cœur battait, que mes poumons soufflaient, j'allais mourir d'asphyxie, si je ne me dégageais au plus tôt. Je souffrais également du froid, et je craignais de me laisser envahir par cet engourdissement mortel des hommes qui tombent dans la neige, pour ne plus se relever.

Tout en me répétant qu'il me fallait du calme, je sentais des bouffées de folie monter à mon crâne. Alors, je m'exhortais, essayant de me rappeler ce que je savais sur la façon dont on enterre. Sans doute, j'étais dans une concession de cinq ans ; cela m'ôtait un espoir, car j'avais remarqué autrefois, à Nantes, que les tranchées de la fosse commune laissaient passer, dans leur remblaîment continu, les pieds des dernières bières enfouies. Il m'aurait suffi alors de briser une planche pour m'échapper ; tandis que, si je me trouvais dans un trou comblé entièrement, j'avais sur moi toute une couche épaisse de terre, qui allait être un terrible obstacle. N'avais-je pas entendu dire qu'à Paris on enterrait à six pieds de profondeur ? Comment percer cette masse énorme ? Si même je parvenais à fendre le couvercle, la terre n'allait-elle pas entrer, glisser comme un sable fin, m'emplir les yeux et la bouche ? Et ce serait encore la mort, une mort abominable, une noyade dans de la boue.

Cependant, je tâtai soigneusement autour de moi. La bière était grande, je remuais les bras avec facilité. Dans le couvercle, je ne sentis aucune fente. À droite et à gauche, les planches étaient mal rabotées, mais résistantes et solides. Je repliai mon bras le long de ma poitrine, pour remonter vers la tête. Là, je découvris, dans la planche du bout, un nœud qui cédait légèrement sous la pression ; je travaillai avec la plus grande peine, je finis par chasser le nœud, et de l'autre côté, en enfonçant le doigt, je reconnus la terre, une terre grasse, argileuse et mouillée. Mais cela ne m'avançait à rien. Je regrettai même d'avoir ôté ce nœud, comme si la terre avait pu entrer. Une autre expérience m'occupa un instant : je tapai autour du cercueil, afin de savoir si, par hasard il n'y aurait pas quelque vide, à droite ou à gauche. Partout, le son fut le même. Comme je donnais aussi de légers coups de pied, il me sembla pourtant que le son était plus clair au bout. Peut-être n'était-ce qu'un effet de la sonorité du bois.

Alors, je commençai par des poussées légères, les bras en avant, avec les poings. Le bois résista. J'employai ensuite les genoux, m'arc-boutant sur les pieds et sur les reins. Il n'y eut pas un craquement. Je finis par donner toute ma force, je poussai du corps entier, si violemment, que mes os meurtris criaient. Et ce fut à ce moment que je devins fou.

Jusque-là, j'avais résisté au vertige, aux souffles de rage qui montaient par instants en moi, comme une fumée d'ivresse. Surtout, je réprimais les cris, car je comprenais que, si je criais, j'étais perdu. Tout d'un coup, je me mis à crier, à hurler. Cela était plus fort que moi, les hurlements sortaient de ma gorge qui se dégonflait. J'appelai au secours d'une voix que je ne me connaissais pas, m'affolant davantage à chaque nouvel appel, criant que je ne voulais pas mourir. Et j'égratignais le bois avec mes ongles, je me tordais dans les convulsions d'un loup enfermé. Combien de temps dura cette crise ? je l'ignore, mais je sens encore l'implacable dureté du cercueil où je me débattais, j'entends encore la tempête de cris et de sanglots dont j'emplissais ces quatre planches. Dans une dernière lueur de raison, j'aurais voulu me retenir et je ne pouvais pas.

Un grand accablement suivit. J'attendais la mort, au milieu d'une somnolence douloureuse. Ce cercueil était de pierre ; jamais je ne parviendrais à le fendre ; et cette certitude de ma défaite me laissait inerte, sans courage pour tenter un nouvel effort. Une autre souffrance, la faim, s'était jointe au froid et à l'asphyxie. Je défaillais. Bientôt ce supplice fut intolérable. Avec mon doigt, je tâchai d'attirer des pincées de terre, par le nœud que j'avais enfoncé, et je mangeai cette terre, ce qui redoubla mon tourment. Je mordais mes bras, n'osant aller jusqu'au sang, tenté par ma chair, suçant ma peau avec l'envie d'y enfoncer les dents.

Ah ! comme je désirais la mort, à cette heure ! Toute ma vie, j'avais tremblé devant le néant ; et je le voulais, je le réclamais, jamais il ne serait assez noir. Quel enfantillage que de redouter ce sommeil sans rêve, cette éternité de silence et de ténèbres ! La mort n'était bonne que parce qu'elle supprimait l'être d'un coup, pour toujours. Oh ! dormir comme les pierres, rentrer dans l'argile, n'être plus !

Mes mains tâtonnantes continuaient machinalement à se promener contre le bois. Soudain, je me piquai au pouce gauche, et la légère douleur me tira de mon engourdissement. Qu'était-ce donc ? Je cherchai de nouveau, je reconnus un clou, un clou que les croque-morts avaient enfoncé de travers, et qui n'avait pas mordu dans le bord du cercueil. Il était très long, très pointu. La tête tenait dans le couvercle, mais je sentis qu'il remuait. À partir de cet instant, je n'eus plus qu'une idée : avoir ce clou. Je passai ma main droite sur mon ventre, je commençai à l'ébranler. Il ne cédait guère, c'était un gros travail. Je changeais souvent de main, car la main gauche, mal placée, se fatiguait vite. Tandis que je m'acharnais ainsi, tout un plan s'était développé dans ma tête. Ce clou devenait le salut. Il me le fallait quand même. Mais serait-il temps encore ? La faim me torturait, je dus m'arrêter, en proie à un vertige qui me laissait les mains molles, l'esprit vacillant. J'avais sucé les gouttes qui coulaient de la piqûre de mon pouce. Alors, je me mordis le bras, je bus mon sang, éperonné par la douleur, ranimé par ce vin tiède et âcre qui mouillait ma bouche. Et je me remis au clou des deux mains, je réussis à l'arracher.

Dès ce moment, je crus au succès. Mon plan était simple. J'enfonçai la pointe du clou dans le couvercle et je traçai une ligne droite, la plus longue possible, où je promenai le clou, de façon à pratiquer une entaille. Mes mains se roidissaient, je m'entêtais furieusement. Quand je pensai avoir assez entamé le bois, j'eus l'idée de me retourner, de me mettre sur le ventre, puis, en me soulevant sur les genoux et sur les coudes, de pousser des reins. Mais, si le couvercle craqua, il ne se fendit pas encore. L'entaille n'était pas assez profonde. Je dus me replacer sur le dos et reprendre la besogne, ce qui me coûta beaucoup de peine. Enfin, je tentai un nouvel effort, et cette fois le couvercle se brisa, d'un bout à l'autre.

Certes, je n'étais pas sauvé, mais l'espérance m'inondait le cœur. J'avais cessé de pousser, je ne bougeais plus, de peur de déterminer quelque éboulement qui m'aurait enseveli. Mon projet était de me servir du couvercle comme d'un abri, tandis que je tâcherais de pratiquer une sorte de puits dans l'argile. Malheureusement, ce travail présentait de grandes difficultés : les mottes épaisses qui se détachaient embarrassaient les planches que je ne pouvais manœuvrer ; jamais je n'arriverais au sol, déjà des éboulements partiels me pliaient l'échine et m'enfonçaient la face dans la terre. La peur me reprenait, lorsqu'en m'allongeant pour trouver un point d'appui, je crus sentir que la planche qui fermait la bière, aux pieds, cédait sous la pression. Je tapai alors vigoureusement du talon, songeant qu'il pouvait y avoir, à cet endroit, une fosse qu'on était en train de creuser.

Tout d'un coup, mes pieds enfoncèrent dans le vide. La prévision était juste : une fosse nouvellement ouverte se trouvait là. Je n'eus qu'une mince cloison de terre à trouer pour rouler dans cette fosse. Grand Dieu ! j'étais sauvé !

Un instant, je restai sur le dos, les yeux en l'air au fond du trou. Il faisait nuit. Au ciel, les étoiles luisaient dans un bleuissement de velours. Par moments, un vent qui se levait m'apportait une tiédeur de printemps, une odeur d'arbres. Grand Dieu ! j'étais sauvé, je respirais, j'avais chaud, et je pleurais, et je balbutiais, les mains dévotement tendues vers l'espace. Oh ! que c'était bon de vivre !

Ma première pensée fut de me rendre chez le gardien du cimetière, pour qu'il me fît reconduire chez moi. Mais des idées, vagues encore, m'arrêtèrent. J'allais effrayer tout le monde. Pourquoi me presser, lorsque j'étais le maître de la situation ? Je me tâtai les membres, je n'avais que la légère morsure de mes dents au bras gauche ; et la petite fièvre qui en résultait, m'excitait, me donnait une force inespérée. Certes, je pourrais marcher sans aide.

Alors, je pris mon temps. Toutes sortes de rêveries confuses me traversaient le cerveau. J'avais senti près de moi, dans la fosse, les outils des fossoyeurs, et j'éprouvai le besoin de réparer le dégât que je venais de faire, de reboucher le trou, pour qu'on ne pût s'apercevoir de ma résurrection. À ce moment, je n'avais aucune idée nette ; je trouvais seulement inutile de publier l'aventure, éprouvant une honte à vivre, lorsque le monde entier me croyait mort. En une demi-heure de travail, je parvins à effacer toute trace. Et je sautai hors de la fosse.

Quelle belle nuit ! Un silence profond régnait dans le cimetière. Les arbres noirs faisaient des ombres immobiles, au milieu de la blancheur des tombes. Comme je cherchais à m'orienter, je remarquai que toute une moitié du ciel flambait d'un reflet d'incendie. Paris était là. Je me dirigeai de ce côté, filant le long d'une avenue, dans l'obscurité des branches. Mais, au bout de cinquante pas, je dus m'arrêter, essoufflé déjà. Et je m'assis sur un banc de pierre. Alors seulement je m'examinai : j'étais complètement habillé, chaussé même, et seul un chapeau me manquait. Combien je remerciai ma chère Marguerite du pieux sentiment qui l'avait fait me vêtir ! Le brusque souvenir de Marguerite me remit debout. Je voulais la voir.

Au bout de l'avenue, une muraille m'arrêta. Je montai sur une tombe, et quand je fus pendu au chaperon, de l'autre côté du mur, je me laissai aller. La chute fut rude. Puis, je marchai quelques minutes dans une grande rue déserte, qui tournait autour du cimetière. J'ignorais complètement où j'étais ; mais je me répétais avec l'entêtement de l'idée fixe, que j'allais rentrer dans Paris et que je saurais bien trouver la rue Dauphine. Des gens passèrent, je ne les questionnai même pas, saisi de méfiance, ne voulant me confier à personne. Aujourd'hui, j'ai conscience qu'une grosse fièvre me secouait déjà et que ma tête se perdait. Enfin, comme je débouchais sur une grande voie, un éblouissement me prit, et je tombai lourdement sur le trottoir.

Ici, il y a un trou dans ma vie. Pendant trois semaines, je demeurai sans connaissance. Quand je m'éveillai enfin, je me trouvais dans une chambre inconnue. Un homme était là, à me soigner. Il me raconta simplement que, m'ayant ramassé un matin, sur le boulevard Montparnasse, il m'avait gardé chez lui. C'était un vieux docteur, qui n'exerçait plus. Lorsque je le remerciais, il me répondait avec brusquerie que mon cas lui avait paru curieux et qu'il avait voulu l'étudier. D'ailleurs, dans les premiers jours de ma convalescence, il ne me permit de lui adresser aucune question. Plus tard, il ne m'en fit aucune. Durant huit jours encore, je gardai le lit, la tête faible, ne cherchant pas même à me souvenir, car le souvenir était une fatigue et un chagrin. Je me sentais plein de pudeur et de crainte. Lorsque je pourrais sortir, j'irais voir. Peut-être, dans le délire de la fièvre, avais-je laissé échapper un nom ; mais jamais le médecin ne fit allusion à ce que j'avais pu dire. Sa charité resta discrète.

Cependant, l'été était venu. Un matin de juin, j'obtins enfin la permission de faire une courte promenade. C'était une matinée superbe, un de ces gais soleils qui donnent une jeunesse aux rues du vieux Paris. J'allais doucement, questionnant les promeneurs à chaque carrefour, demandant la rue Dauphine. J'y arrivai, et j'eus de la peine à reconnaître l'hôtel meublé où nous étions descendus. Une peur d'enfant m'agitait. Si je me présentais brusquement à Marguerite, je craignais de la tuer. Le mieux peut-être serait de prévenir d'abord cette vieille femme, Mme Gabin, qui logeait là. Mais il me déplaisait de mettre quelqu'un entre nous. Je ne m'arrêtais à rien. Tout au fond de moi, il y avait comme un grand vide, comme un sacrifice accompli depuis longtemps.

La maison était toute jaune de soleil. Je l'avais reconnue à un restaurant borgne, qui se trouvait au rez-de-chaussée, et d'où l'on nous montait la nourriture. Je levai les yeux, je regardai la dernière fenêtre du troisième étage, à gauche. Elle était grande ouverte. Tout à coup, une jeune femme, ébouriffée, la camisole de travers, vint s'accouder ; et, derrière elle, un jeune homme qui la poursuivait, avança la tête et la baisa au cou. Ce n'était pas Marguerite. Je n'éprouvai aucune surprise. Il me sembla que j'avais rêvé cela et d'autres choses encore que j'allais apprendre.

Un instant, je demeurai dans la rue, indécis, songeant à monter et à questionner ces amoureux qui riaient toujours, au grand soleil. Puis, je pris le parti d'entrer dans le petit restaurant, en bas. Je devais être méconnaissable : ma barbe avait poussé pendant ma fièvre cérébrale, mon visage s'était creusé. Comme je m'asseyais à une table, je vis justement Mme Gabin qui apportait une tasse, pour acheter deux sous de café ; et elle se planta devant le comptoir, elle entama avec la dame de l'établissement les commérages de tous les jours. Je tendis l'oreille.

– Eh bien ! demandait la dame, cette pauvre petite du troisième a donc fini par se décider ?

– Que voulez-vous ? répondit Mme Gabin, c'était ce qu'elle avait de mieux à faire. M. Simoneau lui témoignait tant d'amitié !… Il avait heureusement terminé ses affaires, un gros héritage, et il lui offrait de l'emmener là-bas, dans son pays, vivre chez une tante à lui, qui a besoin d'une personne de confiance.

La dame du comptoir eut un léger rire. J'avais enfoncé ma face dans un journal, très pâle, les mains tremblantes.

– Sans doute, ça finira par un mariage, reprit Mme Gabin. Mais je vous jure sur mon honneur que je n'ai rien vu de louche. La petite pleurait son mari, et le jeune homme se conduisait parfaitement bien… Enfin, ils sont partis hier. Quand elle ne sera plus en deuil, n'est-ce pas ? ils feront ce qu'ils voudront.

À ce moment, la porte qui menait du restaurant dans l'allée s'ouvrit toute grande, et Dédé entra.

– Maman, tu ne montes pas ?… J'attends, moi. Viens vite.

– Tout à l'heure, tu m'embêtes ! dit la mère.

L'enfant resta, écoutant les deux femmes, de son air précoce de gamine poussée sur le pavé de Paris.

– Dame ! après tout, expliquait Mme Gabin, le défunt ne valait pas M. Simoneau… Il ne me revenait guère, ce gringalet. Toujours à geindre ! Et pas le sou ! Ah ! non, vrai ! un mari comme ça, c'est désagréable pour une femme qui a du sang… Tandis que M. Simoneau, un homme riche, fort comme un Turc…

– Oh ! interrompit Dédé, moi, je l'ai vu, un jour qu'il se débarbouillait. Il en a, du poil sur les bras !

– Veux-tu t'en aller ! cria la vieille en la bousculant. Tu fourres toujours ton nez où il ne doit pas être.

Puis, pour conclure :

– Tenez ! l'autre a bien fait de mourir. C'est une fière chance.

Quand je me retrouvai dans la rue, je marchai lentement, les jambes cassées. Pourtant je ne souffrais pas trop. J'eus même un sourire, en apercevant mon ombre au soleil. En effet, j'étais bien chétif, j'avais eu une singulière idée d'épouser Marguerite. Et je me rappelais ses ennuis à Guérande, ses impatiences, sa vie morne et fatiguée. La chère femme se montrait bonne. Mais je n'avais jamais été son amant, c'était un frère qu'elle venait de pleurer. Pourquoi aurais-je de nouveau dérangé sa vie ! un mort n'est pas jaloux. Lorsque je levai la tête, je vis que le jardin du Luxembourg était devant moi. J'y entrai et je m'assis au soleil, rêvant avec une grande douceur. La pensée de Marguerite m'attendrissait, maintenant. Je me l'imaginais en province, dame dans une petite ville, très heureuse, très aimée, très fêtée ; elle embellissait, elle avait trois garçons et deux filles. Allons ! j'étais un brave homme, d'être mort, et je ne ferais certainement pas la bêtise cruelle de ressusciter.

Depuis ce temps, j'ai beaucoup voyagé, j'ai vécu un peu partout. Je suis un homme médiocre, qui a travaillé et mangé comme tout le monde. La mort ne m'effraie plus ; mais elle ne semble pas vouloir de moi, à présent que je n'ai aucune raison de vivre, et je crains qu'elle ne m'oublie.

NANTAS

1

La chambre que Nantas habitait depuis son arrivée de Marseille se trouvait au dernier étage d'une maison de la rue de Lille, à côté de l'hôtel du baron Danvilliers, membre du conseil d'État. Cette maison appartenait au baron, qui l'avait fait construire sur d'anciens communs. Nantas, en se penchant, pouvait apercevoir un coin du jardin de l'hôtel, où les arbres superbes jetaient leur ombre. Au-delà, par-dessus les cimes vertes, une échappée s'ouvrait sur Paris, on voyait la trouée de la Seine, les Tuileries, le Louvre, l'enfilade des quais, toute une mer de toitures, jusqu'aux lointains perdus du Père-Lachaise.

C'était une étroite chambre mansardée, avec une fenêtre taillée dans les ardoises. Nantas l'avait simplement meublée d'un lit, d'une table et d'une chaise. Il était descendu là, cherchant le bon marché, décidé à camper tant qu'il n'aurait pas trouvé une situation quelconque. Le papier sali, le plafond noir, la misère et la nudité de ce cabinet où il n'y avait pas de cheminée, ne le blessaient point. Depuis qu'il s'endormait en face du Louvre et des Tuileries, il se comparait à un général qui couche dans quelque misérable auberge, au bord d'une route, devant la ville riche et immense, qu'il doit prendre d'assaut le lendemain.

L'histoire de Nantas était courte. Fils d'un maçon de Marseille, il avait commencé ses études au lycée de cette ville, poussé par l'ambitieuse tendresse de sa mère, qui rêvait de faire de lui un monsieur. Les parents s'étaient saignés pour le mener jusqu'au baccalauréat. Puis, la mère étant morte, Nantas dut accepter un petit emploi chez un négociant, où il traîna pendant douze années une vie dont la monotonie l'exaspérait. Il se serait enfui vingt fois, si son devoir de fils ne l'avait cloué à Marseille, près de son père tombé d'un échafaudage et devenu impotent. Maintenant, il devait suffire à tous les besoins. Mais un soir, en rentrant, il trouva le maçon mort, sa pipe encore chaude à côté de lui. Trois jours plus tard, il vendait les quatre nippes du ménage, et partait pour Paris, avec deux cents francs dans sa poche.

Il y avait, chez Nantas, une ambition entêtée de fortune, qu'il tenait de sa mère. C'était un garcon de décision prompte, de volonté froide. Tout jeune, il disait être une force. On avait souvent ri de lui, lorsqu'il s'oubliait à faire des confidences et à répéter sa phrase favorite : « Je suis une force », phrase qui devenait comique, quand on le voyait avec sa mince redingote noire, craquée aux épaules, et dont les manches lui remontaient au-dessus des poignets. Peu à peu, il s'était ainsi fait une religion de la force, ne voyant qu'elle dans le monde, convaincu que les forts sont quand même les victorieux. Selon lui, il suffisait de vouloir et de pouvoir. Le reste n'avait pas d'importance.

Le dimanche, lorsqu'il se promenait seul dans la ban-lieue brûlée de Marseille, il se sentait du génie ; au fond de son être, il y avait comme une impulsion instinctive qui le jetait en avant ; et il rentrait manger quelque platée de pommes de terre avec son père infirme, en se disant qu'un jour il saurait bien se tailler sa part, dans cette société où il n'était rien encore à trente ans. Ce n'était point une envie basse, un appétit des jouissances vulgaires ; c'était le senti-ment très net d'une intelligence et d'une volonté qui, n'étant pas à leur place, entendaient monter tranquille-ment à cette place, par un besoin naturel de logique.

Dès qu'il toucha le pavé de Paris, Nantas crut qu'il lui suffirait d'allonger les mains, pour trouver une situation digne de lui. Le jour même, il se mit en campagne. On lui avait donné des lettres de recommandation, qu'il porta à leur adresse ; en outre, il frappa chez quelques compa-triotes, espérant leur appui. Mais, au bout d'un mois, il n'avait obtenu aucun résultat : le moment était mauvais, disait-on ; ailleurs, on lui faisait des promesses qu'on ne tenait point. Cependant, sa petite bourse se vidait, il lui restait une vingtaine de francs, au plus. Et ce fut avec ces vingt francs qu'il dut vivre tout un mois encore, ne mangeant que du pain, battant Paris du matin au soir, et revenant se coucher sans lumière, brisé de fatigue, toujours les mains vides. Il ne se décourageait pas ; seulement, une sourde colère montait en lui. La destinée lui semblait illogique et injuste.

Un soir, Nantas rentra sans avoir mangé. La veille, il avait fini son dernier morceau de pain. Plus d'argent et pas un ami pour lui prêter vingt sous. La pluie était tombée toute la journée, une de ces pluies grises de Paris qui sont si froides. Un fleuve de boue coulait dans les rues. Nantas, trempé jusqu'aux os, était allé à Bercy, puis à Montmartre, où on lui avait indiqué des emplois ; mais, à Bercy, la place était prise, et l'on n'avait pas trouvé son écriture assez belle, à Montmartre. C'étaient ses deux dernières espérances. Il aurait accepté n'importe quoi, avec la certitude qu'il taillerait sa fortune dans la première situation venue. Il ne demandait d'abord que du pain, de quoi vivre à Paris, un terrain quelconque pour bâtir ensuite pierre à pierre. De Montmartre à la rue de Lille, il marcha lentement, le cœur noyé d'amertume. La pluie avait cessé, une foule affairée le bousculait sur les trottoirs. Il s'arrêta plusieurs minutes devant la boutique d'un changeur : cinq francs lui auraient peut-être suffi pour être un jour le maître de tout ce monde ; avec cinq francs on peut vivre huit jours, et en huit jours, on fait bien des choses. Comme il rêvait ainsi, une voiture l'éclaboussa, il dut s'essuyer le front qu'un jet de boue avait souffleté. Alors, il marcha plus vite, serrant les dents, pris d'une envie féroce de tomber à coups de poing sur la foule qui barrait les rues : cela l'aurait vengé de la bêtise du destin. Un omnibus faillit l'écraser, rue Richelieu. Au milieu de la place du Carrousel, il jeta aux Tuileries un regard jaloux. Sur le pont des Saints-Pères, une petite fille bien mise l'obligea à s'écarter de son droit chemin, qu'il suivait avec la raideur d'un sanglier traqué par une meute ; et ce détour lui parut une suprême humiliation : jusqu'aux enfants qui l'empêchaient de passer ! Enfin, quand il se fut réfugié dans sa chambre, ainsi qu'une bête blessée revient mourir au gîte, il s'assit lourdement sur sa chaise, assommé, examinant son pantalon que la crotte avait raidi, et ses souliers éculés qui laissaient couler une mare sur le carreau.

Cette fois, c'était bien la fin. Nantas se demandait comment il se tuerait. Son orgueil restait debout, il jugeait que son suicide allait punir Paris. Être une force, sentir en soi une puissance, et ne pas trouver une personne qui vous devine, qui vous donne le premier écu dont vous avez besoin ! Cela lui semblait d'une sottise monstrueuse, son être entier se soulevait de colère. Puis, c'était en lui un immense regret, lorsque ses regards tombaient sur ses bras inutiles. Aucune besogne pourtant ne lui faisait peur ; du bout de son petit doigt, il aurait soulevé un monde ; et il demeurait là, rejeté dans son coin, réduit à l'impuissance, se dévorant comme un lion en cage. Mais, bientôt, il se calmait, il trouvait la mort plus grande. On lui avait conté, quand il était petit, l'histoire d'un inventeur qui, ayant construit une merveilleuse machine, la cassa un jour à coups de marteau, devant l'indifférence de la foule. Eh bien ! il était cet homme, il apportait en lui une force nouvelle, un mécanisme rare d'intelligence et de volonté, et il allait détruire cette machine, en se brisant le crâne sur le pavé de la rue.

Le soleil se couchait derrière les grands arbres de l'hôtel Danvilliers, un soleil d'automne dont les rayons d'or allumaient les feuilles jaunies. Nantas se leva comme attiré par cet adieu de l'astre. Il allait mourir, il avait besoin de lumière. Un instant, il se pencha. Souvent, entre les masses des feuillages, au détour d'une allée, il avait aperçu une jeune fille blonde, très grande avec un orgueil princier. Il n'était point romanesque, il avait passé l'âge où les jeunes hommes rêvent, dans les mansardes, que des demoiselles du monde viennent leur apporter de grandes passions et de grandes fortunes. Pourtant, il arriva, à cette heure suprême du suicide, qu'il se rappela tout d'un coup cette belle fille blonde, si hautaine. Comment pouvait-elle se nommer ? Mais, au même instant, il serra les poings, car il ne se sentait que de la haine pour les gens de cet hôtel dont les fenêtres entr'ouvertes lui laissaient apercevoir des coins de luxe sévère, et il murmura dans un élan de rage :

– Oh ! je me vendrais, je me vendrais, si l'on me donnait les premiers cent sous de ma fortune future !

Cette idée de se vendre l'occupa un moment. S'il y avait eu quelque part un Mont-de-Piété où l'on prêtât sur la volonté et l'énergie, il serait allé s'y engager. Il imaginait des marchés, un homme politique venait l'acheter pour faire de lui un instrument, un banquier le prenait pour user à toute heure de son intelligence ; et il acceptait, ayant le dédain de l'honneur, se disant qu'il suffirait d'être fort et de triompher un jour. Puis, il eut un sourire. Est-ce qu'on trouve à se vendre ? Les coquins, qui guettent les occasions, crèvent de misère, sans mettre jamais la main sur un acheteur. Il craignit d'être lâche, il se dit qu'il inventait là des distractions. Et il s'assit de nouveau, en jurant qu'il se précipiterait de la fenêtre, lorsqu'il ferait nuit noire.

Cependant, sa fatigue était telle, qu'il s'endormit sur sa chaise. Brusquement, il fut réveillé par un bruit de voix. C'était sa concierge qui introduisait chez lui une dame.

– Monsieur, commença-t-elle, je me suis permis de faire monter…

Et, comme elle s'aperçut qu'il n'y avait pas de lumière dans la chambre, elle redescendit vivement chercher une bougie. Elle paraissait connaître la personne qu'elle amenait, à la fois complaisante et respectueuse.

– Voilà, reprit-elle en se retirant. Vous pouvez causer, personne ne vous dérangera.

Nantas, qui s'était éveillé en sursaut, regardait la dame avec surprise. Elle avait levé sa voilette. C'était une personne de quarante-cinq ans, petite, très grasse, d'une figure poupine et blanche de vieille dévote. Il ne l'avait jamais vue. Lorsqu'il lui offrit l'unique chaise, en l'interrogeant du regard, elle se nomma :

– Mademoiselle Chuin… Je viens, monsieur, pour vous entretenir d'une affaire importante.

Lui, avait dû s'asseoir sur le bord du lit. Le nom de Mlle Chuin ne lui apprenait rien. Il prit le parti d'attendre qu'elle voulût bien s'expliquer. Mais elle ne se pressait pas ; elle avait fait d'un coup d'œil le tour de l'étroite pièce, et semblait hésiter sur la façon dont elle entamerait l'entretien. Enfin, elle parla, d'une voix très douce, en appuyant d'un sourire les phrases délicates.

– Monsieur, je viens en amie… On m'a donné sur votre compte les renseignements les plus touchants. Certes, ne croyez pas à un espionnage. Il n'y a, dans tout ceci, que le vif désir de vous être utile. Je sais combien la vie vous a été rude jusqu'à présent, avec quel courage vous avez lutté pour trouver une situation, et quel est aujourd'hui le résultat fâcheux de tant d'efforts… Pardonnez-moi une fois encore, monsieur, de m'introduire ainsi dans votre existence. Je vous jure que la sympathie seule…

Nantas ne l'interrompait pas, pris de curiosité, pensant que sa concierge avait dû fournir tous ces détails. Mlle Chuin pouvait continuer, et pourtant elle cherchait de plus en plus des compliments, des façons caressantes de dire les choses.

– Vous êtes un garçon d'un grand avenir, monsieur. Je me suis permis de suivre vos tentatives et j'ai été vivement frappée par votre louable fermeté dans le malheur. Enfin, il me semble que vous iriez loin, si quelqu'un vous tendait la main.

Elle s'arrêta encore. Elle attendait un mot. Le jeune homme crut que cette dame venait lui offrir une place. Il répondit qu'il accepterait tout. Mais elle, maintenant que la glace était rompue, lui demanda carrément :

– Éprouveriez-vous quelque répugnance à vous marier ?

– Me marier ! s'écria Nantas. Eh ! bon Dieu ! qui voudrait de moi, madame ?… Quelque pauvre fille que je ne pourrais seulement pas nourrir.

– Non, une jeune fille très belle, très riche, magnifiquement apparentée, qui vous mettra d'un coup dans la main les moyens d'arriver à la situation la plus haute.

Nantas ne riait plus.

– Alors, quel est le marché ? demanda-t-il, en baissant instinctivement la voix.

– Cette jeune fille est enceinte, et il faut reconnaître l'enfant, dit nettement Mlle Chuin, qui oubliait ses tournures onctueuses pour aller plus vite en affaire.

Le premier mouvement de Nantas fut de jeter l'entremetteuse à la porte.

– C'est une infamie que vous me proposez là, murmura-t-il.

– Oh ! une infamie, s'écria Mlle Chuin, retrouvant sa voix mielleuse, je n'accepte pas ce vilain mot… La vérité, monsieur, est que vous sauverez une famille du désespoir. Le père ignore tout, la grossesse n'est encore que peu avancée ; et c'est moi qui ai conçu l'idée de marier le plus tôt possible la pauvre fille, en présentant le mari comme l'auteur de l'enfant. Je connais le père, il en mourrait. Ma combinaison amortira le coup, il croira à une réparation… Le malheur est que le véritable séducteur est marié. Ah ! monsieur, il y a des hommes qui manquent vraiment de sens moral…

Elle aurait pu aller longtemps ainsi. Nantas ne l'écoutait plus. Pourquoi donc refuserait-il ? Ne demandait-il pas à se vendre tout à l'heure ? Eh bien ! on venait l'acheter. Donnant, donnant. Il donnait son nom, on lui donnait une situation. C'était un contrat comme un autre. Il regarda son pantalon crotté par la boue de Paris, il sentit qu'il n'avait pas mangé depuis la veille, toute la colère de ses deux mois de recherches et d'humiliations lui revint au cœur. Enfin ! il allait donc mettre le pied sur ce monde qui le repoussait et le jetait au suicide !

– J'accepte, dit-il crûment.

Puis, il exigea de Mlle Chuin des explications claires. Que voulait-elle pour son entremise ? Elle se récria, elle ne voulait rien. Pourtant, elle finit par demander vingt mille francs, sur l'apport que l'on constituerait au jeune homme. Et, comme il ne marchandait pas, elle se montra expansive.

– Écoutez, c'est moi qui ai songé à vous. La jeune personne n'a pas dit non, lorsque je vous ai nommé… Oh ! c'est une bonne affaire, vous me remercierez plus tard. J'aurais pu trouver un homme titré, j'en connais un qui m'aurait baisé les mains. Mais j'ai préféré choisir en dehors du monde de cette pauvre enfant. Cela paraîtra plus romanesque… Puis, vous me plaisez. Vous êtes gentil, vous avez la tête solide. Oh ! vous irez loin. Ne m'oubliez pas, je suis tout à vous.

Jusque-là, aucun nom n'avait été prononcé. Sur une interrogation de Nantas, la vieille fille se leva et dit en se présentant de nouveau :

– Mademoiselle Chuin… Je suis chez le baron Danvilliers depuis la mort de la baronne, en qualité de gouvernante. C'est moi qui ai élevé Mlle Flavie, la fille de M. le baron… Mlle Flavie est la jeune personne en question.

Et elle se retira, après avoir discrètement déposé sur la table une enveloppe qui contenait un billet de cinq cents francs. C'était une avance faite par elle, pour subvenir aux premiers frais. Quand il fut seul, Nantas alla se mettre à la fenêtre. La nuit était très noire ; on ne distinguait plus que la masse des arbres, à l'épaississement de l'ombre ; une fenêtre luisait sur la façade sombre de l'hôtel. Ainsi, c'était cette grande fille blonde, qui marchait d'un pas de reine et qui ne daignait point l'apercevoir. Elle ou une autre, qu'importait, d'ailleurs ! La femme n'entrait pas dans le marché. Alors, Nantas leva les yeux plus haut, sur Paris grondant dans les ténèbres, sur les quais, les rues, les carrefours de la rive gauche, éclairés des flammes dansantes du gaz ; et il tutoya Paris, il devint familier et supérieur.

– Maintenant, tu es à moi !

2

Le baron Danvilliers était dans le salon qui lui servait de cabinet, une haute pièce sévère, tendue de cuir, garnie de meubles antiques. Depuis l'avant-veille, il restait comme foudroyé par l'histoire que Mlle Chuin lui avait contée du déshonneur de Flavie. Elle avait eu beau amener les faits de loin, les adoucir, le vieillard était tombé sous le coup, et seule la pensée que le séducteur pouvait offrir une suprême réparation, le tenait debout encore. Ce matin-là, il attendait la visite de cet homme qu'il ne connaissait point et qui lui prenait ainsi sa fille. Il sonna.

– Joseph, il va venir un jeune homme que vous introduirez… Je n'y suis pour personne autre.

Et il songeait amèrement, seul au coin de son feu. Le fils d'un maçon, un meurt-de-faim qui n'avait aucune situation avouable ! Mlle Chuin le donnait bien comme un garçon d'avenir, mais que de honte, dans une famille où il n'y avait pas eu une tache jusque-là ! Flavie s'était accusée avec une sorte d'emportement, pour épargner à sa gouvernante le moindre reproche. Depuis cette explication pénible, elle gardait la chambre, le baron avait refusé de la revoir. Il

44

voulait, avant de pardonner, régler lui-même cette abominable affaire. Toutes ses dispositions étaient prises. Mais ses cheveux avaient achevé de blanchir, un tremblement sénile agitait sa tête.

– Monsieur Nantas, annonça Joseph.

Le baron ne se leva pas. Il tourna seulement la tête et regarda fixement Nantas qui s'avançait. Celui-ci avait eu l'intelligence de ne pas céder au désir de s'habiller de neuf ; il avait acheté une redingote et un pantalon noir encore propres, mais très râpés ; et cela lui donnait l'apparence d'un étudiant pauvre et soigneux, ne sentant en rien l'aventurier. Il s'arrêta au milieu de la pièce, et attendit, debout, sans humilité pourtant.

– C'est donc vous, monsieur, bégaya le vieillard.

Mais il ne put continuer, l'émotion l'étranglait ; il craignait de céder à quelque violence. Après un silence, il dit simplement :

– Monsieur, vous avez commis une mauvaise action.

Et, comme Nantas allait s'excuser, il répéta avec plus de force :

– Une mauvaise action… Je ne veux rien savoir, je vous prie de ne pas chercher à m'expliquer les choses. Ma fille se serait jetée à votre cou, que votre crime resterait le même… Il n'y a que les voleurs qui s'introduisent ainsi violemment dans les familles.

Nantas avait de nouveau baissé la tête.

– C'est une dot gagnée aisément, c'est un guet-apens où vous étiez certain de prendre la fille et le père…

– Permettez, monsieur, interrompit le jeune homme qui se révoltait.

Mais le baron eut un geste terrible.

– Quoi ? que voulez-vous que je permette ?… Ce n'est pas à vous de parler ici. Je vous dis ce que je dois vous dire et ce que vous devez entendre, puisque vous venez à moi comme un coupable… Vous m'avez outragé. Voyez cette maison, notre famille y a vécu pendant plus de trois siècles sans une souillure ; n'y sentez-vous pas un honneur séculaire, une tradition de dignité et de respect ? Eh bien ! monsieur, vous avez souffleté tout cela. J'ai failli en mourir, et aujourd'hui mes mains tremblent, comme si j'avais brusquement vieilli de dix ans… Taisez-vous et écoutez-moi.

Nantas était devenu très pâle. Il avait accepté là un rôle bien lourd. Pourtant, il voulut prétexter l'aveuglement de la passion.

– J'ai perdu la tête, murmura-t-il en tâchant d'inventer un roman. Je n'ai pu voir Mlle Flavie…

Au nom de sa fille, le baron se leva et cria d'une voix de tonnerre :

– Taisez-vous ! Je vous ai dit que je ne voulais rien savoir. Que ma fille soit allée vous chercher, ou que ce soit vous qui soyez venu à elle, cela ne me regarde pas. Je ne lui ai rien demandé, je ne vous demande rien. Gardez tous les deux vos confessions, c'est une ordure où je n'entrerai pas.

Il se rassit, tremblant, épuisé. Nantas s'inclinait, troublé profondément, malgré l'empire qu'il avait sur lui-même. Au bout d'un silence, le vieillard reprit de la voix sèche d'un homme qui traite une affaire :

– Je vous demande pardon, monsieur. Je m'étais promis de garder mon sang-froid. Ce n'est pas vous qui m'appartenez, c'est moi qui vous appartiens, puisque je suis à votre discrétion. Vous êtes ici pour m'offrir une transaction devenue nécessaire. Transigeons, monsieur.

Et il affecta dès lors de parler comme un avoué qui arrange à l'amiable quelque procès honteux, où il ne met les mains qu'avec dégoût. Il disait posément :

– Mlle Flavie Danvilliers a hérité, à la mort de sa mère, d'une somme de deux cent mille francs, qu'elle ne devait toucher que le jour de son mariage. Cette somme a déjà produit des intérêts. Voici, d'ailleurs, mes comptes de tutelle, que je veux vous communiquer.

Il avait ouvert un dossier, il lut des chiffres. Nantas tenta vainement de l'arrêter. Maintenant, une émotion le prenait, en face de ce vieillard, si droit et si simple, qui lui paraissait très grand, depuis qu'il était calme.

– Enfin, conclut celui-ci, je vous reconnais dans le contrat que mon notaire a dressé ce matin, un apport de deux cent mille francs. Je sais que vous n'avez rien. Vous toucherez les deux cent mille francs chez mon banquier, le lendemain du mariage.

– Mais, monsieur, dit Nantas, je ne vous demande pas votre argent, je ne veux que votre fille…

Le baron lui coupa la parole.

– Vous n'avez pas le droit de refuser, et ma fille ne saurait épouser un homme moins riche qu'elle… Je vous donne la dot que je lui destinais, voilà tout. Peut-être aviez-vous compté trouver davantage, mais on me croit plus riche que je ne le suis réellement, monsieur.

Et, comme le jeune homme restait muet sous cette dernière cruauté, le baron termina l'entrevue, en sonnant le domestique.

– Joseph, dites à Mademoiselle que je l'attends tout de suite dans mon cabinet.

Il s'était levé, il ne prononça plus un mot, marchant lentement. Nantas demeurait debout et immobile. Il trompait ce vieillard, il se sentait petit et sans force devant lui. Enfin, Flavie entra.

– Ma fille, dit le baron, voici cet homme. Le mariage aura lieu dans le délai légal.

Et il s'en alla, il les laissa seuls, comme si, pour lui, le mariage était conclu. Quand la porte se fut refermée, un silence régna. Nantas et Flavie se regardaient. Ils ne s'étaient point vus encore. Elle lui parut très belle, avec son visage pâle et hautain, dont les grands yeux gris ne se baissaient pas. Peut-être avait-elle pleuré depuis trois jours qu'elle n'avait pas quitté sa chambre ; mais la froideur de ses joues devait avoir glacé ses larmes. Ce fut elle qui parla la première.

– Alors, monsieur, cette affaire est terminée ?

– Oui, madame, répondit simplement Nantas.

Elle eut une moue involontaire, en l'enveloppant d'un long regard, qui semblait chercher en lui sa bassesse.

– Allons, tant mieux, reprit-elle. Je craignais de ne trouver personne pour un tel marché.

Nantas sentit, à sa voix, tout le mépris dont elle l'accablait. Mais il releva la tête. S'il avait tremblé devant le père, en sachant qu'il le trompait, il entendait être solide et carré en face de la fille, qui était sa complice.

– Pardon, madame, dit-il tranquillement, avec une grande politesse, je crois que vous vous méprenez sur la situation que nous fait à tous deux ce que vous venez d'appeler très justement un marché. J'entends que, dès aujourd'hui, nous nous mettions sur un pied d'égalité…

– Ah ! vraiment, interrompit Flavie, avec un sourire dédaigneux.

– Oui, sur un pied d'égalité complète... Vous avez besoin d'un nom pour cacher une faute que je ne me permets pas de juger, et je vous donne le mien. De mon côté, j'ai besoin d'une mise de fonds, d'une certaine position sociale, pour mener à bien de grandes entreprises, et vous m'apportez ces fonds. Nous sommes dès aujourd'hui deux associés dont les apports se balancent, nous avons seulement à nous remercier pour le service que nous nous rendons mutuellement.

Elle ne souriait plus. Un pli d'orgueil irrité lui barrait le front. Pourtant, elle ne répondit pas. Au bout d'un silence, elle reprit :

– Vous connaissez mes conditions ?

– Non, madame, dit Nantas, qui conservait un calme parfait. Veuillez me les dicter, et je m'y soumets d'avance.

Alors, elle s'exprima nettement, sans une hésitation ni une rougeur.

– Vous ne serez jamais que mon mari de nom. Nos vies resteront complètement distinctes et séparées. Vous abandonnerez tous vos droits sur moi, et je n'aurai aucun devoir envers vous.

À chaque phrase, Nantas acceptait d'un signe de tête. C'était bien là ce qu'il désirait. Il ajouta :

– Si je croyais devoir être galant, je vous dirais que des conditions si dures me désespèrent. Mais nous sommes au-dessus de compliments aussi fades. Je suis très heureux de vous voir le courage de nos situations respectives. Nous entrons dans la vie par un sentier où l'on ne cueille pas de fleurs... Je ne vous demande qu'une chose, madame, c'est de ne point user de la liberté que je vous laisse, de façon à rendre mon intervention nécessaire.

– Monsieur ! dit violemment Flavie, dont l'orgueil se révolta.

Mais il s'inclina respectueusement, en la suppliant de ne point se blesser. Leur position était délicate, ils devaient tous deux tolérer certaines allusions, sans quoi la bonne entente devenait impossible. Il évita d'insister davantage. Mlle Chuin, dans une seconde entrevue, lui avait conté la faute de Flavie. Son séducteur était un certain M. des Fondettes, le mari d'une de ses amies de couvent. Comme elle passait un mois chez eux, à la campagne, elle s'était trouvée un soir entre les bras de cet homme, sans savoir au juste comment cela avait pu se faire et jusqu'à quel point elle était consentante. Mlle Chuin parlait presque d'un viol.

Brusquement, Nantas eut un mouvement amical. Ainsi que tous les gens qui ont conscience de leur force, il aimait à être bonhomme.

– Tenez ! madame, s'écria-t-il, nous ne nous connaissons pas ; mais nous aurions vraiment tort de nous détester ainsi, à première vue. Peut-être sommes-nous faits pour nous entendre… Je vois bien que vous me méprisez ; c'est que vous ignorez mon histoire.

Et il parla avec fièvre, se passionnant, disant sa vie dévorée d'ambition, à Marseille, expliquant la rage de ses deux mois de démarches inutiles dans Paris. Puis, il montra son dédain de ce qu'il nommait les conventions sociales ; où patauge le commun des hommes. Qu'importait le jugement de la foule, quand on posait le pied sur elle ! Il s'agissait d'être supérieur. La toute-puissance excusait tout. Et, à grands traits, il peignit la vie souveraine qu'il saurait se faire. Il ne craignait plus aucun obstacle, rien ne prévalait contre la force, il serait fort, il serait heureux.

– Ne me croyez pas platement intéressé, ajouta-t-il. Je ne me vends pas pour votre fortune. Je ne prends votre argent que comme un moyen de monter très haut… Oh ! si vous saviez tout ce qui gronde en moi, si vous saviez les nuits ardentes que j'ai passées à refaire toujours le même rêve, sans cesse emporté par la réalité du lendemain, vous me comprendriez, vous seriez peut-être fière de vous appuyer à mon bras, en vous disant que vous me fournissez enfin les moyens d'être quelqu'un !

Elle l'écoutait, toute droite, pas un trait de son visage ne remuait. Et lui se posait une question qu'il retournait depuis trois jours, sans pouvoir trouver la réponse : l'avait-elle remarqué à sa fenêtre, pour avoir accepté si vite le projet de Mlle Chuin, lorsque celle-ci l'avait nommé ? Il lui vint la pensée singulière qu'elle se serait peut-être mise à l'aimer d'un amour romanesque, s'il avait refusé avec indignation le marché que la gouvernante était venue lui offrir.

Il se tut, et Flavie resta glacée. Puis, comme s'il ne lui avait pas fait sa confession, elle répéta sèchement:

– Ainsi, mon mari de nom seulement, nos vies complètement distinctes, une liberté absolue.

Nantas reprit aussitôt son air cérémonieux, sa voix brève d'homme qui discute un traité.

– C'est signé, madame.

Et il se retira, mécontent de lui. Comment avait-il pu céder à l'envie bête de convaincre cette femme ? Elle était très belle, il valait mieux qu'il n'y eût rien de commun entre eux, car elle pouvait le gêner dans la vie.

3

Dix années s'étaient écoulées. Un matin, Nantas se trouvait dans le cabinet où le baron Danvilliers l'avait autrefois si rudement accueilli, lors de leur première entrevue. Maintenant, ce cabinet était le sien; le baron, après s'être réconcilié avec sa fille et son gendre, leur avait abandonné l'hôtel, en ne se réservant qu'un pavillon situé à l'autre bout du jardin, sur la rue de Beaune. En dix ans, Nantas venait de conquérir une des plus hautes situations financières et industrielles. Mêlé à toutes les grandes entreprises de chemins de fer, lancé dans toutes les spéculations sur les terrains qui signalèrent les premières années de l'empire, il avait réalisé rapidement une fortune immense. Mais son ambition ne se bornait pas là, il voulait jouer un rôle politique, et il avait réussi à se faire nommer député, dans un département où il possédait plusieurs fermes. Dès son arrivée au Corps législatif, il s'était posé en futur ministre des finances. Par ses connaissances spéciales et sa facilité de parole, il y prenait de jour en jour une place plus importante. Du reste, il montrait adroitement un dévoûment absolu à l'empire, tout en ayant en matière de finances des théories personnelles, qui faisaient grand bruit et qu'il savait préoccuper beaucoup l'empereur.

Ce matin-là, Nantas était accablé d'affaires. Dans les vastes bureaux qu'il avait installés au rez-de-chaussée de l'hôtel, régnait une activité prodigieuse. C'était un monde d'employés, les uns immobiles derrière des guichets, les autres allant et venant sans cesse, faisant battre les portes ; c'était un bruit d'or continu, des sacs ouverts et coulant sur les tables, la musique toujours sonnante d'une caisse dont le flot semblait devoir noyer les rues. Puis, dans l'antichambre, une cohue se pressait, des solliciteurs, des hommes d'affaires, des hommes politiques, tout Paris à genoux devant la puissance. Souvent, de grands personnages attendaient là patiemment pendant une heure. Et lui, assis à son bureau, en correspondance avec la province et l'étranger, pouvant de ses bras étendus étreindre le monde, réalisait enfin son ancien rêve de force, se sentait le moteur intelligent d'une colossale machine qui remuait les royaumes et les empires.

Nantas sonna l'huissier qui gardait sa porte. Il paraissait soucieux.

– Germain, demanda-t-il, savez-vous si madame est rentrée ?

Et, comme l'huissier répondait qu'il l'ignorait, il lui commanda de faire descendre la femme de chambre de madame. Mais Germain ne se retirait pas.

– Pardon, monsieur, murmura-t-il, il y a là monsieur le président du Corps législatif qui insiste pour entrer.

Alors, il eut un geste d'humeur, en disant :

– Eh bien ! introduisez-le, et faites ce que je vous ai ordonné.

La veille, sur une question capitale du budget, un discours de Nantas avait produit une impression telle, que l'article en discussion avait été envoyé à la Commission, pour être amendé dans le sens indiqué par lui. Après la séance, le bruit s'était répandu que le ministre des finances allait se retirer, et l'on désignait déjà dans les groupes le jeune député comme son successeur. Lui, haussait les épaules : rien n'était fait, il n'avait eu avec l'empereur qu'un entretien sur des points spéciaux. Pourtant, la visite du président du Corps législatif pouvait être grosse de signification. Il parut secouer la préoccupation qui l'assombrissait, il se leva et alla serrer les mains du président.

– Ah ! monsieur le duc, dit-il, je vous demande pardon. J'ignorais que vous fussiez là… Croyez que je suis bien touché de l'honneur que vous me faites.

Un instant, ils causèrent à bâtons rompus, sur un ton de cordialité. Puis, le président, sans rien lâcher de net, lui fit entendre qu'il était envoyé par l'empereur, pour le sonder. Accepterait-il le portefeuille des finances, et avec quel programme ? Alors, lui, superbe de sang-froid, posa ses conditions. Mais, sous l'impassibilité de son visage, un grondement de triomphe montait. Enfin, il gravissait le dernier échelon, il était au sommet. Encore un pas, il allait avoir toutes les têtes au-dessous de lui. Comme le président concluait, en disant qu'il se rendait à l'instant même chez l'empereur, pour lui communiquer le programme débattu, une petite porte donnant sur les appartements s'ouvrit, et la femme de chambre de madame parut.

Nantas, tout d'un coup redevenu blême, n'acheva pas la phrase qu'il prononçait. Il courut à cette femme, en murmurant :

– Excusez-moi, monsieur le duc…

Et, tout bas, il l'interrogea. Madame était donc sortie de bonne heure ? Avait-elle dit où elle allait ? Quand devait-elle rentrer ? La femme de chambre répondait par des paroles vagues, en fille intelligente qui ne veut pas se compromettre. Ayant compris la naïveté de cet interrogatoire, il finit par dire simplement :

– Dès que Madame rentrera, prévenez-la que je désire lui parler.

Le duc, surpris, s'était approché d'une fenêtre et regardait dans la cour. Nantas revint à lui, en s'excusant de nouveau. Mais il avait perdu son sang-froid, il balbutia, il l'étonna par des paroles peu adroites.

– Allons, j'ai gâté mon affaire, laissa-t-il échapper tout haut, lorsque le président ne fut plus là. Voilà un portefeuille qui va m'échapper.

Et il resta dans un état de malaise, coupé d'accès de colère. Plusieurs personnes furent introduites. Un ingénieur avait à lui présenter un rapport qui annonçait des bénéfices énormes dans une exploitation de mine. Un diplomate l'entretint d'un emprunt qu'une puissance voisine voulait ouvrir à Paris. Des créatures défilèrent, lui rendirent des comptes sur vingt affaires considérables. Enfin, il reçut un grand nombre de ses collègues de la Chambre ; tous se répandaient en éloges outrés sur son discours de la veille. Lui, renversé au fond de son fauteuil, acceptait cet encens, sans un sourire. Le bruit de l'or continuait dans les bureaux voisins, une trépidation d'usine faisait trembler les murs, comme si on eût fabriqué là tout cet or qui sonnait. Il n'avait qu'à prendre une plume pour expédier des dépêches dont l'arrivée aurait réjoui ou consterné les marches de l'Europe ; il pouvait empêcher ou précipiter la guerre, en appuyant ou en combattant l'emprunt dont on lui avait parlé ; même il tenait le budget de la France dans sa main, il saurait bientôt s'il serait pour ou contre l'empire. C'était le triomphe, sa personnalité développée outre mesure devenait le centre autour duquel tournait un monde. Et il ne goûtait point ce triomphe, ainsi qu'il se l'était promis. Il éprouvait une lassitude, l'esprit autre part, tressaillant au moindre bruit. Lorsqu'une flamme, une fièvre d'ambition satisfaite montait à ses joues, il se sentait tout de suite pâlir, comme si par-derrière, brusquement, une main froide l'eût touché à la nuque.

Deux heures s'étaient passées, et Flavie n'avait pas encore paru. Nantas appela Germain pour le charger d'aller chercher M. Danvilliers, si le baron se trouvait chez lui. Resté seul, il marcha dans son cabinet, en refusant de recevoir davantage ce jour-là. Peu à peu, son agitation avait grandi. Évidemment, sa femme était à quelque rendez-vous. Elle devait avoir renoué avec M. des Fondettes, qui était veuf depuis six mois. Certes, Nantas se défendait d'être jaloux ; pendant dix années, il avait strictement observé le traité conclu ; seulement, il entendait, disait-il, ne pas être ridicule. Jamais il ne permettrait à sa femme de compromettre sa situation, en le rendant la moquerie de tous. Et sa force l'abandonnait, ce sentiment de mari qui veut simplement être respecté l'envahissait d'un tel trouble, qu'il n'en avait pas éprouvé de pareil, même lorsqu'il jouait les coups de cartes les plus hasardés dans les commencements de sa fortune.

Flavie entra, encore en toilette de ville ; elle n'avait retiré que son chapeau et ses gants. Nantas, dont la voix tremblait, lui dit qu'il serait monté chez elle, si elle lui avait fait savoir qu'elle était rentrée. Mais elle, sans s'asseoir, de l'air pressé d'une cliente, eut un geste pour l'inviter à se hâter.

– Madame, commença-t-il, une explication est devenue nécessaire entre nous… Où êtes-vous allée ce matin ?

La voix frémissante de son mari, la brutalité de sa question, la surprirent extrêmement.

– Mais, répondit-elle d'un ton froid, où il m'a plu d'aller.

– Justement, c'est ce qui ne saurait me convenir désormais, reprit-il en devenant très pâle. Vous devez vous souvenir de ce que je vous ai dit, je ne tolérerai pas que vous usiez de la liberté que je vous laisse, de façon à déshonorer mon nom.

Flavie eut un sourire de souverain mépris.

– Déshonorer votre nom, monsieur, mais cela vous regarde, c'est une besogne qui n'est plus à faire.

Alors, Nantas, dans un emportement fou, s'avança comme s'il voulait la battre, bégayant :

– Malheureuse, vous sortez des bras de M. des Fondettes… Vous avez un amant, je le sais.

– Vous vous trompez, dit-elle sans reculer devant sa menace, je n'ai jamais revu M. des Fondettes… Mais j'aurais un amant que vous n'auriez pas à me le reprocher. Qu'est-ce que cela pourrait vous faire ? Vous oubliez donc nos conventions.

Il la regarda un instant de ses yeux hagards ; puis, secoué de sanglots, mettant dans son cri une passion longtemps contenue, il s'abattit à ses pieds.

– Oh ! Flavie, je vous aime !

Elle, toute droite, s'écarta, parce qu'il avait touché le coin de sa robe. Mais le malheureux la suivait en se traînant sur les genoux, les mains tendues.

– Je vous aime, Flavie, je vous aime comme un fou… Cela est venu je ne sais comment. Il y a des années déjà. Et peu à peu cela m'a pris tout entier. Oh ! j'ai lutté, je trouvais cette passion indigne de moi, je me rappelai notre premier entretien… Mais, aujourd'hui, je souffre trop, il faut que je vous parle…

Longtemps, il continua. C'était l'effondrement de toutes ses croyances. Cet homme qui avait mis sa foi dans la force, qui soutenait que la volonté est le seul levier capable de soulever le monde, tombait anéanti, faible comme un enfant, désarmé devant une femme. Et son rêve de fortune réalisé, sa haute situation conquise, il eût tout donné, pour que cette femme le relevât d'un baiser au front. Elle lui gâtait son triomphe. Il n'entendait plus l'or qui sonnait dans ses bureaux, il ne songeait plus au défilé des courtisans qui venaient de le saluer, il oubliait que l'empereur, en ce moment, l'appelait peut-être au pouvoir. Ces choses n'existaient pas. Il avait tout, et il ne voulait que Flavie. Si Flavie se refusait, il n'avait rien.

– Écoutez, continua-t-il, ce que j'ai fait, je l'ai fait pour vous… D'abord, c'est vrai, vous ne comptiez pas, je travaillais pour la satisfaction de mon orgueil. Puis, vous êtes devenue l'unique but de toutes mes pensées, de tous mes efforts. Je me disais que je devais monter le plus haut possible, afin de vous mériter. J'espérais vous fléchir, le jour où je mettrais à vos pieds ma puissance. Voyez où je suis aujourd'hui. N'ai-je pas gagné votre pardon ? Ne me méprisez plus, je vous en conjure !

Elle n'avait pas encore parlé. Elle dit tranquillement :

– Relevez-vous, monsieur, on pourrait entrer.

Il refusa, il la supplia encore. Peut-être aurait-il attendu, s'il n'avait pas été jaloux de M. des Fondettes. C'était un tourment qui l'affolait. Puis, il se fit très humble.

– Je vois bien que vous me méprisez toujours. Eh bien ! attendez, ne donnez votre amour à personne. Je vous promets de si grandes choses, que je saurais bien vous fléchir. Il faut me pardonner, si j'ai été brutal tout à l'heure. Je n'ai plus la tête à moi… Oh ! laissez-moi espérer que vous m'aimerez un jour !

– Jamais ! prononça-t-elle avec énergie.

Et, comme il restait par terre, écrasé, elle voulut sortir. Mais, lui, la tête perdue, pris d'un accès de rage, se leva et la saisit aux poignets. Une femme le braverait ainsi, lorsque le monde était à ses pieds ! Il pouvait tout, bouleverser les États, conduire la France à son gré, et il ne pourrait obtenir l'amour de sa femme ! Lui, si fort, si puissant, lui dont les moindres désirs étaient des ordres, il n'avait plus qu'un désir, et ce désir ne serait jamais contenté, parce qu'une créature, d'une faiblesse d'enfant, refusait ! Il lui serrait les bras, il répétait d'une voix rauque :

– Je veux… je veux…

– Et moi je ne veux pas, disait Flavie toute blanche et raidie dans sa volonté.

La lutte continuait, lorsque le baron Danvilliers ouvrit la porte. À sa vue, Nantas lâcha Flavie et s'écria :

– Monsieur, voici votre fille qui revient de chez son amant… Dites-lui donc qu'une femme doit respecter le nom de son mari, même lorsqu'elle ne l'aime pas et que la pensée de son propre honneur ne l'arrête plus.

Le baron, très vieilli, restait debout sur le seuil, devant cette scène de violence. C'était pour lui une surprise douloureuse. Il croyait le ménage uni, il approuvait les rapports cérémonieux des deux époux, pensant qu'il n'y avait là qu'une tenue de convenance. Son gendre et lui étaient de deux générations différentes ; mais, s'il était blessé par l'activité peu scrupuleuse du financier, s'il condamnait certaines entreprises qu'il traitait de casse-cou, il avait dû reconnaître la force de sa volonté et sa vive intelligence. Et, brusquement, il tombait dans ce drame, qu'il ne soupçonnait pas.

Lorsque Nantas accusa Flavie d'avoir un amant, le baron, qui traitait encore sa fille mariée avec la sévérité qu'il avait pour elle à dix ans, s'avança de son pas de vieillard solennel.

– Je vous jure qu'elle sort de chez son amant, répétait Nantas, et vous la voyez ! elle est là qui me brave.

Flavie, dédaigneuse, avait tourné la tête. Elle arrangeait ses manchettes, que la brutalité de son mari avait froissées. Pas une rougeur n'était montée à son visage. Cependant, son père lui parlait.

– Ma fille, pourquoi ne vous défendez-vous pas ? Votre mari dirait-il la vérité ? Auriez-vous réservé cette dernière douleur à ma vieillesse ?… L'affront serait aussi pour moi ; car, dans une famille, la faute d'un seul membre suffit à salir tous les autres.

Alors, elle eut un mouvement d'impatience. Son père prenait bien son temps pour l'accuser ! Un instant encore, elle supporta son interrogatoire, voulant lui épargner la honte d'une explication. Mais, comme il s'emportait à son tour, en la voyant muette et provocante, elle finit par dire :

– Eh! mon père, laissez cet homme jouer son rôle…
Vous ne le connaissez pas. Ne me forcez point à parler par
respect pour vous.

– Il est votre mari, reprit le vieillard. Il est le père de
votre enfant.

Flavie s'était redressée, frémissante.

– Non, non, il n'est pas le père de mon enfant… À la fin,
je vous dirai tout. Cet homme n'est pas même un séducteur, car ce serait une excuse au moins, s'il m'avait aimée.
Cet homme s'est simplement vendu et a consenti à couvrir
la faute d'un autre.

Le baron se tourna vers Nantas, qui, livide, reculait.

– Entendez-vous, mon père! reprenait Flavie avec plus
de force, il s'est vendu, vendu pour de l'argent… Je ne l'ai
jamais aimé, il ne m'a jamais touchée du bout de ses
doigts… J'ai voulu vous épargner une grande douleur, je l'ai
acheté afin qu'il vous mentît… Regardez-le, voyez si je dis
la vérité.

Nantas se cachait la face entre les mains.

– Et, aujourd'hui, continua la jeune femme, voilà qu'il
veut que je l'aime… Il s'est mis à genoux et il a pleuré.
Quelque comédie sans doute. Pardonnez-moi de vous avoir
trompé, mon père; mais, vraiment, est-ce que j'appartiens
à cet homme?… Maintenant que vous savez tout, emme-
nez-moi. Il m'a violentée tout à l'heure, je ne resterai pas ici
une minute de plus.

Le baron redressa sa taille courbée. Et, silencieux, il alla
donner le bras à sa fille. Tous deux traversèrent la pièce,
sans que Nantas fît un geste pour les retenir. Puis, à la
porte, le vieillard ne laissa tomber que cette parole:

– Adieu, monsieur.

La porte s'était refermée. Nantas restait seul, écrasé,
regardant follement le vide autour de lui. Comme Germain
venait d'entrer et de poser une lettre sur le bureau, il
l'ouvrit machinalement et la parcourut des yeux. Cette
lettre, entièrement écrite de la main de l'empereur, l'appelait au ministère des finances, en termes très obligeants. Il
comprit à peine. La réalisation de toutes ses ambitions ne
le touchait plus. Dans les caisses voisines, le bruit de l'or
avait augmenté; c'était l'heure où la maison Nantas ronflait, donnant le branle à tout un monde. Et lui, au milieu

de ce labeur colossal qui était son œuvre, dans l'apogée de sa puissance, les yeux stupidement fixés sur l'écriture de l'empereur, poussa cette plainte d'enfant, qui était la négation de sa vie entière :

– Je ne suis pas heureux... Je ne suis pas heureux...

Il pleurait, la tête tombée sur son bureau, et ses larmes chaudes effaçaient la lettre qui le nommait ministre.

4

Depuis dix-huit mois que Nantas était ministre des finances, il semblait s'étourdir par un travail surhumain. Au lendemain de la scène de violence qui s'était passée dans son cabinet, il avait eu avec le baron Danvilliers une entrevue ; et, sur les conseils de son père, Flavie avait consenti à rentrer au domicile conjugal. Mais les époux ne s'adressaient plus la parole, en dehors de la comédie qu'ils devaient jouer devant le monde. Nantas avait décidé qu'il ne quitterait pas son hôtel. Le soir, il amenait ses secrétaires et expédiait chez lui la besogne.

Ce fut l'époque de son existence où il fit les plus grandes choses. Une voix lui soufflait des inspirations hautes et fécondes. Sur son passage, un murmure de sympathie et d'admiration s'élevait. Mais lui restait insensible aux éloges. On eût dit qu'il travaillait sans espoir de récompense, avec la pensée d'entasser les œuvres dans le but unique de tenter l'impossible. Chaque fois qu'il montait plus haut, il consultait le visage de Flavie. Est-ce qu'elle était touchée enfin ? Est-ce qu'elle lui pardonnait son ancienne infamie, pour ne plus voir que le développement de son intelligence ? Et il ne surprenait toujours aucune émotion sur le visage muet de cette femme, et il se disait, en se remettant au travail : « Allons ! je ne suis point assez haut pour elle, il faut monter encore, monter sans cesse. » Il entendait forcer le bonheur, comme il avait forcé la fortune. Toute sa croyance en sa force lui revenait, il n'admettait pas d'autre levier en ce monde, car c'est la volonté de la vie qui a fait l'humanité. Quand le découragement le prenait parfois, il s'enfermait pour que personne ne pût se douter des faiblesses de sa chair. On ne devinait ses luttes qu'à ses yeux plus profonds, cerclés de noir, et où brûlait une flamme intense.

La jalousie le dévorait maintenant. Ne pas réussir à se faire aimer de Flavie, était un supplice ; mais une rage l'affolait, lorsqu'il songeait qu'elle pouvait se donner à un autre. Pour affirmer sa liberté, elle était capable de s'afficher avec M. des Fondettes. Il affectait donc de ne point s'occuper d'elle, tout en agonisant d'angoisse à ses moindres absences. S'il n'avait pas craint le ridicule, il l'aurait suivie lui-même dans les rues. Ce fut alors qu'il voulut avoir près d'elle une personne dont il achèterait le dévoûment.

On avait conservé Mlle Chuin dans la maison. Le baron était habitué à elle. D'autre part, elle savait trop de choses pour qu'on pût s'en débarrasser. Un moment, la vieille fille avait eu le projet de se retirer avec les vingt mille francs que Nantas lui avait comptés, au lendemain de son mariage. Mais sans doute elle s'était dit que la maison devenait bonne pour y pêcher en eau trouble. Elle attendait donc une nouvelle occasion, ayant fait le calcul qu'il lui fallait encore une vingtaine de mille francs, si elle voulait acheter à Roinville, son pays, la maison du notaire, qui avait fait l'admiration de sa jeunesse.

Nantas n'avait pas à se gêner avec cette vieille fille, dont les mines confites en dévotion ne pouvaient plus le tromper. Pourtant, le matin où il la fit venir dans son cabinet et où il lui proposa nettement de le tenir au courant des moindres actions de sa femme, elle feignit de se révolter, en lui demandant pour qui il la prenait.

– Voyons, mademoiselle, dit-il impatienté, je suis très pressé, on m'attend. Abrégeons, je vous prie.

Mais elle ne voulait rien entendre, s'il n'y mettait des formes. Ses principes étaient que les choses ne sont pas laides en elles-mêmes, qu'elles le deviennent ou cessent de l'être, selon la façon dont on les présente.

– Eh bien ! reprit-il, il s'agit, mademoiselle, d'une bonne action... Je crains que ma femme ne me cache certains chagrins. Je la vois triste depuis quelques semaines, et j'ai songé à vous, pour obtenir des renseignements.

– Vous pouvez compter sur moi, dit-elle alors avec une effusion maternelle. Je suis dévouée à madame, je ferai tout pour son honneur et le vôtre… Dès demain, nous veillerons sur elle.

Il lui promit de la récompenser de ses services. Elle se fâcha d'abord. Puis, elle eut l'habileté de le forcer à fixer une somme : il lui donnerait dix mille francs, si elle lui fournissait une preuve formelle de la bonne ou de la mauvaise conduite de madame. Peu à peu, ils en étaient venus à préciser les choses.

Dès lors, Nantas se tourmenta moins. Trois mois s'écoulèrent, il se trouvait engagé dans une grosse besogne, il avait apporté au système financier d'importantes modifications. Il savait qu'il serait vivement attaqué à la Chambre, et il lui fallait préparer une quantité considérable de documents. Souvent il veillait des nuits entières. Cela l'étourdissait et le rendait patient. Quand il voyait Mlle Chuin, il l'interrogeait d'une voix brève. Savait-elle quelque chose ? madame avait-elle fait beaucoup de visites ? s'était-elle particulièrement arrêtée dans certaines maisons ? Mlle Chuin tenait un journal détaillé. Mais elle n'avait encore recueilli que des faits sans importance. Nantas se rassurait, tandis que la vieille clignait les yeux parfois, en répétant que, bientôt peut-être, elle aurait du nouveau.

La vérité était que Mlle Chuin avait fortement réfléchi. Dix mille francs ne faisaient pas son compte, il lui en fallait vingt mille, pour acheter la maison de notaire. Elle eut d'abord l'idée de se vendre à la femme, après s'être vendue au mari. Mais elle connaissait madame, elle craignit d'être chassée au premier mot. Depuis longtemps, avant même qu'on la chargeât de cette besogne, elle l'avait espionnée pour son compte en se disant que les vices des maîtres sont la fortune des valets ; et elle s'était heurtée à une de ces honnêtetés d'autant plus solides, qu'elles s'appuient sur l'orgueil. Flavie gardait de sa faute une rancune à tous les hommes. Aussi Mlle Chuin se désespérait-elle, lorsqu'un jour elle rencontra M. des Fondettes. Il la questionna si vivement sur sa maîtresse, qu'elle comprit tout d'un coup qu'il la désirait follement, brûlé par le souvenir de la minute où il l'avait tenue dans ses bras. Et son plan fut arrêté : servir à la fois le mari et l'amant, là était la combinaison de génie.

Justement, tout venait à point. M. des Fondettes, repoussé, désormais sans espoir, aurait donné sa fortune pour posséder encore cette femme qui lui avait appartenu. Ce fut lui qui, le premier, tâta Mlle Chuin. Il la revit, joua le sentiment, en jurant qu'il se tuerait, si elle ne l'aidait pas. Au bout de huit jours, après une grande dépense de sensibilité et de scrupules, l'affaire était faite : il donnerait dix mille francs, et elle, un soir, le cacherait dans la chambre de Flavie.

Le matin, Mlle Chuin alla trouver Nantas.

– Qu'avez-vous appris ? demanda-t-il en pâlissant.

Mais elle ne précisa rien d'abord. Madame avait pour sûr une liaison. Même elle donnait des rendez-vous.

– Au fait, au fait, répétait-il, furieux d'impatience.

Enfin, elle nomma M. des Fondettes.

– Ce soir, il sera dans la chambre de madame.

– C'est bien, merci, balbutia Nantas.

Il la congédia du geste, il avait peur de défaillir devant elle. Ce brusque renvoi l'étonnait et l'enchantait, car elle s'était attendue à un long interrogatoire, et elle avait même préparé sa réponse, pour ne pas s'embrouiller. Elle fit une révérence, elle se retira, en prenant une figure dolente.

Nantas s'était levé. Dès qu'il fut seul, il parla tout haut.

– Ce soir… dans sa chambre…

Et il portait les mains à son crâne, comme s'il l'avait entendu craquer. Ce rendez-vous, donné au domicile conjugal, lui semblait monstrueux d'impudence. Il ne pouvait se laisser outrager ainsi. Ses poings de lutteur se serraient, une rage le faisait rêver d'assassinat. Pourtant, il avait à finir un travail. Trois fois, il se rassit devant son bureau, et trois fois un soulèvement de tout son corps le remit debout ; tandis que, derrière lui, quelque chose le poussait, un besoin de monter sur-le-champ chez sa femme, pour la traiter de catin. Enfin, il se vainquit, il se remit à la besogne, en jurant qu'il les étranglerait, le soir. Ce fut la plus grande victoire qu'il remporta jamais sur lui-même.

L'après-midi, Nantas alla soumettre à l'empereur le projet définitif du budget. Celui-ci lui ayant fait quelques objections, il les discuta avec une lucidité parfaite. Mais il lui fallut promettre de modifier toute une partie de son travail. Le projet devait être déposé le lendemain.

– Sire, je passerai la nuit, dit-il.

Et, en revenant, il pensait : « Je les tuerai à minuit, et j'aurai ensuite jusqu'au jour pour terminer ce travail. »

Le soir, au dîner, le baron Danvilliers causa précisément de ce projet de budget, qui faisait grand bruit. Lui, n'approuvait pas toutes les idées de son gendre en matière de finances. Mais il les trouvait très larges, très remarquables. Pendant qu'il répondait au baron, Nantas, à plusieurs reprises, crut surprendre les yeux de sa femme fixés sur les siens. Souvent, maintenant, elle le regardait ainsi. Son regard ne s'attendrissait pas, elle l'écoutait simplement et semblait chercher à lire au-delà de son visage. Nantas pensa qu'elle craignait d'avoir été trahie. Aussi fit-il un effort pour paraître d'esprit dégagé : il causa beaucoup, s'éleva très haut, finit par convaincre son beau-père, qui céda devant sa grande intelligence. Flavie le regardait toujours ; et une mollesse à peine sensible avait un instant passé sur sa face.

Jusqu'à minuit, Nantas travailla dans son cabinet. Il s'était passionné peu à peu, plus rien n'existait que cette création, ce mécanisme financier qu'il avait lentement construit, rouage à rouage, au travers d'obstacles sans nombre. Quand la pendule sonna minuit, il leva instinctivement la tête. Un grand silence régnait dans l'hôtel. Tout d'un coup, il se souvint, l'adultère était là, au fond de cette ombre et de ce silence. Mais ce fut pour lui une peine que de quitter son fauteuil : il posa la plume à regret, fit quelques pas comme pour obéir à une volonté ancienne, qu'il ne retrouvait plus. Puis, une chaleur lui empourpra la face, une flamme alluma ses yeux. Et il monta à l'appartement de sa femme.

Ce soir-là, Flavie avait congédié de bonne heure sa femme de chambre. Elle voulait être seule. Jusqu'à minuit, elle resta dans le petit salon qui précédait sa chambre à coucher. Allongée sur une causeuse, elle avait pris un livre ; mais, à chaque instant, le livre tombait de ses mains, et elle songeait, les yeux perdus. Son visage s'était encore adouci, un sourire pâle y passait par moments.

Elle se leva en sursaut. On avait frappé.

– Qui est là ?

– Ouvrez, répondit Nantas.

Ce fut pour elle une si grande surprise, qu'elle ouvrit machinalement. Jamais son mari ne s'était ainsi présenté chez elle. Il entra, bouleversé ; la colère l'avait repris, en montant. Mlle Chuin, qui le guettait sur le palier, venait de lui murmurer à l'oreille que M. des Fondettes était là depuis deux heures. Aussi ne montra-t-il aucun ménagement.

– Madame, dit-il, un homme est caché dans votre chambre.

Flavie ne répondit pas tout de suite, tellement sa pensée était loin. Enfin, elle comprit.

– Vous êtes fou, monsieur, murmura-t-elle.

Mais, sans s'arrêter à discuter, il marchait déjà vers la chambre. Alors, d'un bond, elle se mit devant la porte, en criant :

– Vous n'entrerez pas... Je suis ici chez moi, et je vous défends d'entrer !

Frémissante, grandie, elle gardait la porte. Un instant, ils restèrent immobiles, sans une parole, les yeux dans les yeux. Lui, le cou tendu, les mains en avant, allait se jeter sur elle, pour passer.

– Ôtez-vous de là, murmura-t-il d'une voix rauque. Je suis plus fort que vous, j'entrerai quand même.

– Non, vous n'entrerez pas, je ne veux pas.

Follement, il répétait :

– Il y a un homme, il y a un homme...

Elle, ne daignant même pas lui donner un démenti, haussait les épaules. Puis, comme il faisait encore un pas :

– Eh bien ! mettons qu'il y ait un homme, qu'est-ce que cela peut vous faire ? Ne suis-je pas libre ?

Il recula devant ce mot qui le cinglait comme un soufflet. En effet, elle était libre. Un grand froid le prit aux épaules, il sentit nettement qu'elle avait le rôle supérieur, et que lui jouait là une scène d'enfant malade et illogique. Il n'observait pas le traité, sa stupide passion le rendait odieux. Pourquoi n'était-il pas resté à travailler dans son cabinet ? Le sang se retirait de ses joues, une ombre d'indicible souffrance blêmit son visage. Lorsque Flavie remarqua le bouleversement qui se faisait en lui, elle s'écarta de la porte, tandis qu'une douceur attendrissait ses yeux.

– Voyez, dit-elle simplement.

Et elle-même entra dans la chambre, une lampe à la main, tandis que Nantas demeurait sur le seuil. D'un geste, il lui avait dit que c'était inutile, qu'il ne voulait pas voir. Mais elle, maintenant, insistait. Comme elle arrivait devant le lit, elle souleva les rideaux, et M. des Fondettes apparut, caché derrière. Ce fut pour elle une telle stupeur, qu'elle eut un cri d'épouvante.

– C'est vrai, balbutia-t-elle éperdue, c'est vrai, cet homme était là… Je l'ignorais, oh ! sur ma vie, je vous le jure !

Puis, par un effort de volonté, elle se calma, elle parut même regretter ce premier mouvement qui venait de la pousser à se défendre.

– Vous aviez raison, monsieur, et je vous demande pardon, dit-elle à Nantas, en tâchant de retrouver sa voix froide.

Cependant, M. des Fondettes se sentait ridicule. Il faisait une mine sotte, il aurait donné beaucoup pour que le mari se fâchât. Mais Nantas se taisait. Il était simplement devenu très pâle. Quand il eut reporté ses regards de M. des Fondettes à Flavie, il s'inclina devant cette dernière, en prononçant cette seule phrase :

– Madame, excusez-moi, vous êtes libre.

Et il tourna le dos, il s'en alla. En lui, quelque chose venait de se casser ; seul, le mécanisme des muscles et des os fonctionnait encore. Lorsqu'il se retrouva dans son cabinet, il marcha droit à un tiroir où il cachait un revolver. Après avoir examiné cette arme, il dit tout haut, comme pour prendre un engagement formel vis-à-vis de lui-même :

– Allons, c'est assez, je me tuerai tout à l'heure.

Il remonta la lampe qui baissait, il s'assit devant son bureau et se remit tranquillement à la besogne. Sans une hésitation, au milieu du grand silence, il continua la phrase commencée. Un à un, méthodiquement, les feuillets s'entassaient. Deux heures plus tard, lorsque Flavie, qui avait chassé M. des Fondettes, descendit pieds nus pour écouter à la porte du cabinet, elle n'entendit que le petit bruit de la plume craquant sur le papier. Alors, elle se pencha, elle mit un œil au trou de la serrure. Nantas écrivait toujours avec le même calme, son visage exprimait la paix et la satisfaction du travail, tandis qu'un rayon de la lampe allumait le canon du revolver, près de lui.

5

La maison attenante au jardin de l'hôtel était maintenant la propriété de Nantas, qui l'avait achetée à son beau-père. Par un caprice, il défendait d'y louer l'étroite mansarde, où, pendant deux mois, il s'était débattu contre la misère, lors de son arrivée à Paris. Depuis sa grande fortune, il avait éprouvé, à diverses reprises, le besoin de monter s'y enfermer pour quelques heures.

C'était là qu'il avait souffert, c'était là qu'il voulait triompher. Lorsqu'un obstacle se présentait, il aimait aussi à y réfléchir, à y prendre les grandes déterminations de sa vie. Il y redevenait ce qu'il était autrefois. Aussi, devant la nécessité du suicide, était-ce dans cette mansarde qu'il avait résolu de mourir.

Le matin, Nantas n'eut fini son travail que vers huit heures. Craignant que la fatigue ne l'assoupît, il se lava à grande eau. Puis, il appela successivement plusieurs employés, pour leur donner des ordres. Lorsque son secrétaire fut arrivé, il eut avec lui un entretien : le secrétaire devait porter sur-le-champ le projet de budget aux Tuileries, et fournir certaines explications, si l'empereur soulevait des objections nouvelles. Dès lors, Nantas crut avoir assez fait. Il laissait tout en ordre, il ne partirait pas comme un banqueroutier frappé de démence. Enfin, il s'appartenait, il pouvait disposer de lui, sans qu'on l'accusât d'égoïsme et de lâcheté.

Neuf heures sonnèrent. Il était temps. Mais, comme il allait quitter son cabinet, en emportant le revolver, il eut une dernière amertume à boire. Mlle Chuin se présenta pour toucher les dix mille francs promis. Il la paya, et dut subir sa familiarité. Elle se montrait maternelle, elle le traitait un peu comme un élève qui a réussi. S'il avait encore hésité, cette complicité honteuse l'aurait décidé au suicide.

Il monta vivement et, dans sa hâte, laissa la clef sur la porte.

Rien n'était changé. Le papier avait les mêmes déchirures, le lit, la table et la chaise se trouvaient toujours là, avec leur odeur de pauvreté ancienne. Il respira un moment cet air qui lui rappelait les luttes d'autrefois. Puis, il s'approcha de la fenêtre et il aperçut la même échappée de Paris, les arbres de l'hôtel, la Seine, les quais, tout un coin de la rive droite, où le flot des maisons roulait, se haussait, se confondait, jusqu'aux lointains du Père-Lachaise.

Le revolver était sur la table boiteuse, à portée de sa main. Maintenant, il n'avait plus de hâte, il était certain que personne ne viendrait et qu'il se tuerait à sa guise. Il songeait et se disait qu'il se retrouvait au même point que jadis, ramené au même lieu, dans la même volonté du suicide. Un soir déjà, à cette place, il avait voulu se casser la tête ; il était trop pauvre alors pour acheter un pistolet, il n'avait que le pavé de la rue, mais la mort était quand même au bout. Ainsi, dans l'existence, il n'y avait donc que la mort qui ne trompât pas, qui se montrât toujours sûre et toujours prête. Il ne connaissait qu'elle de solide, il avait beau chercher, tout s'était continuellement effondré sous lui, la mort seule restait une certitude. Et il éprouva le regret d'avoir vécu dix ans de trop. L'expérience qu'il avait faite de la vie, en montant à la fortune et au pouvoir, lui paraissait puérile. À quoi bon cette dépense de volonté, à quoi bon tant de force produite, puisque, décidément, la volonté et la force n'étaient pas tout ? Il avait suffi d'une passion pour le détruire, il s'était pris sottement à aimer Flavie, et le monument qu'il bâtissait, craquait, s'écroulait comme un château de cartes, emporté par l'haleine d'un enfant. C'était misérable, cela ressemblait à la punition d'un écolier maraudeur, sous lequel la branche casse, et qui périt par où il a péché. La vie était bête, les hommes supérieurs y finissaient aussi platement que les imbéciles.

Nantas avait pris le revolver sur la table et l'armait lentement. Un dernier regret le fit mollir une seconde, à ce moment suprême. Que de grandes choses il aurait réalisées, si Flavie l'avait compris ! Le jour où elle se serait jetée à son cou, en lui disant : « Je t'aime ! » ce jour-là, il aurait trouvé un levier pour soulever le monde. Et sa dernière pensée était un grand dédain de la force, puisque la force, qui devait tout lui donner, n'avait pu lui donner Flavie.

Il leva son arme. La matinée était superbe. Par la fenêtre grande ouverte, le soleil entrait, mettant un éveil de jeunesse dans la mansarde. Au loin, Paris commençait son labeur de ville géante. Nantas appuya le canon sur sa tempe.

Mais la porte s'était violemment ouverte, et Flavie entra. D'un geste, elle détourna le coup, la balle alla s'enfoncer dans le plafond. Tous deux se regardaient. Elle était si essoufflée, si étranglée, qu'elle ne pouvait parler. Enfin, tutoyant Nantas pour la première fois, elle trouva le mot qu'il attendait, le seul mot qui pût le décider à vivre :

– Je t'aime ! cria-t-elle à son cou, sanglotante, arrachant cet aveu à son orgueil, à tout son être dompté, je t'aime parce que tu es fort.

L'INONDATION

1

Je m'appelle Louis Roubieu. J'ai soixante-dix ans, et je suis né au village de Saint-Jory, à quelques lieues de Toulouse, en amont de la Garonne. Pendant quatorze ans, je me suis battu avec la terre, pour manger du pain. Enfin, l'aisance est venue, et le mois dernier, j'étais encore le plus riche fermier de la commune.

Notre maison semblait bénie. Le bonheur y poussait ; le soleil était notre frère, et je ne me souviens pas d'une récolte mauvaise. Nous étions près d'une douzaine à la ferme, dans ce bonheur. Il y avait moi, encore gaillard, menant les enfants au travail ; puis, mon cadet Pierre, un vieux garçon, un ancien sergent ; puis, ma sœur Agathe, qui s'était retirée chez nous après la mort de son mari, une maîtresse femme, énorme et gaie, dont les rires s'entendaient à l'autre bout du village. Ensuite venait toute la nichée : mon fils Jacques, sa femme Rose, et leurs trois filles, Aimée, Véronique et Marie ; la première mariée à Cyprien Bouisson, un grand gaillard, dont elle avait deux petits, l'un de deux ans, l'autre de dix mois ; la seconde, fiancée d'hier, et qui devait épouser Gaspard Rabuteau ; la troisième, enfin, une vraie demoiselle, si blanche, si blonde, qu'elle avait l'air d'être née à la ville. Ça faisait dix, en comptant tout le monde. J'étais grand-père et arrière-grand-père. Quand nous étions à table, j'avais ma sœur Agathe à ma droite, mon frère Pierre à ma gauche ; les enfants fermaient le cercle, par rang d'âges, une file où les têtes se rapetissaient jusqu'au bambin de dix mois, qui mangeait déjà sa soupe comme un homme. Allez, on entendait les cuillers dans les assiettes ! La nichée mangeait dur. Et quelle belle gaîté, entre deux coups de dents ! Je me sentais de l'orgueil et de la joie dans les veines, lorsque les petits tendaient les mains vers moi, en criant :

– Grand-père, donne-nous donc du pain !… Un gros morceau, hein ! grand-père !

Les bonnes journées ! Notre ferme en travail chantait par toutes ses fenêtres. Pierre, le soir, inventait des jeux, racontait des histoires de son régiment. Tante Agathe, le dimanche, faisait des galettes pour nos filles. Puis, c'étaient des cantiques que savait Marie, des cantiques qu'elle filait avec une voix d'enfant de chœur ; elle ressemblait à une sainte, ses cheveux blonds tombant dans son cou, ses mains nouées sur son tablier. Je m'étais décidé à élever la maison d'un étage, lorsque Aimée avait épousé Cyprien ; et je disais en riant qu'il faudrait l'élever d'un autre, après le mariage de Véronique et de Gaspard ; si bien que la maison aurait fini par toucher le ciel, si l'on avait continué, à chaque ménage nouveau. Nous ne voulions pas nous quitter. Nous aurions plutôt bâti une ville, derrière la ferme, dans notre enclos. Quand les familles sont d'accord, il est si bon de vivre et de mourir où l'on a grandi !

Le mois de mai a été magnifique, cette année. Depuis longtemps, les récoltes ne s'étaient annoncées aussi belles. Ce jour-là, justement, j'avais fait une tournée avec mon fils Jacques. Nous étions partis vers trois heures. Nos prairies, au bord de la Garonne, s'étendaient, d'un vert encore tendre ; l'herbe avait bien trois pieds de haut, et une oseraie, plantée l'année dernière, donnait déjà des pousses d'un mètre. De là, nous avions visité nos blés et nos vignes, des champs achetés un par un, à mesure que la fortune venait : les blés poussaient dru, les vignes, en pleine fleur, promettaient une vendange superbe. Et Jacques riait de son bon rire, en me tapant sur l'épaule.

– Eh bien ? père, nous ne manquerons plus de pain ni de vin. Vous avez donc rencontré le bon Dieu, pour qu'il fasse maintenant pleuvoir de l'argent sur vos terres ?

Souvent, nous plaisantions entre nous de la misère passée. Jacques avait raison, je devais avoir gagné là-haut l'amitié de quelque saint ou du bon Dieu lui-même, car toutes les chances dans le pays étaient pour nous. Quand il grêlait, la grêle s'arrêtait juste au bord de nos champs. Si les vignes des voisins tombaient malades, il y avait autour des nôtres comme un mur de protection. Et cela finissait par me paraître juste. Ne faisant de mal à personne, je pensais que ce bonheur m'était dû.

En rentrant, nous avions traversé les terres que nous possédions de l'autre côté du village. Des plantations de mûriers y prenaient à merveille. Il y avait aussi des amandiers en plein rapport. Nous causions joyeusement, nous bâtissions des projets. Quand nous aurions l'argent nécessaire, nous achèterions certains terrains qui devaient relier nos pièces les unes aux autres et nous faire les propriétaires de tout un coin de la commune. Les récoltes de l'année, si elles tenaient leurs promesses, allaient nous permettre de réaliser ce rêve.

Comme nous approchions de la maison, Rose, de loin, nous adressa de grands gestes, en criant :

– Arrivez donc !

C'était une de nos vaches qui venait d'avoir un veau. Cela mettait tout le monde en l'air. Tante Agathe roulait sa masse énorme. Les filles regardaient le petit. Et la naissance de cette bête semblait comme une bénédiction de plus. Nous avions dû récemment agrandir les étables, où se trouvaient près de cent têtes de bétail, des vaches, des moutons surtout, sans compter les chevaux.

– Allons, bonne journée ! m'écriai-je. Nous boirons ce soir une bouteille de vin cuit.

Cependant, Rose nous prit à l'écart et nous annonça que Gaspard, le fiancé de Véronique, était venu pour s'entendre sur le jour de la noce. Elle l'avait retenu à dîner. Gaspard, le fils aîné d'un fermier de Moranges, était un grand garçon de vingt ans, connu de tout le pays pour sa force prodigieuse ; dans une fête, à Toulouse, il avait vaincu Martial, le Lion du Midi. Avec cela, bon enfant, un cœur d'or, trop timide même, et qui rougissait quand Véronique le regardait tranquillement en face.

Je priai Rose de l'appeler. Il restait au fond de la cour, à aider nos servantes, qui étendaient le linge de la lessive du trimestre. Quand il fut entré dans la salle à manger, où nous nous tenions, Jacques se tourna vers moi, en disant :

– Parlez, mon père.

70

– Eh bien ? dis-je, tu viens donc, mon garçon, pour que nous fixions le grand jour ?

– Oui, c'est cela, père Roubieu, répondit-il, les joues très rouges.

– Il ne faut pas rougir, mon garcon, continuai-je. Ce sera, si tu veux, pour la Sainte-Félicité, le 10 juillet. Nous sommes le 23 juin, ça ne fait pas vingt jours à attendre… Ma pauvre défunte femme s'appelait Félicité, et ça vous portera bonheur… Hein ? est-ce entendu ?

– Oui, c'est cela, le jour de la Sainte-Félicité, père Roubieu.

Et il nous allongea dans la main, à Jacques et à moi, une tape qui aurait assommé un bœuf. Puis, il embrassa Rose, en l'appelant sa mère. Ce grand garçon, aux poings terribles, aimait Véronique à en perdre le boire et le manger. Il nous avoua qu'il aurait fait une maladie, si nous la lui avions refusée.

– Maintenant, repris-je, tu restes à dîner, n'est-ce pas ?… Alors, à la soupe tout le monde ! J'ai une faim du tonnerre de Dieu, moi !

Ce soir-là, nous fûmes onze à table. On avait mis Gaspard près de Véronique, et il restait à la regarder, oubliant son assiette, si ému de la sentir à lui, qu'il avait par moments de grosses larmes au bord des yeux. Cyprien et Aimée, mariés depuis trois ans seulement, souriaient. Jacques et Rose, qui avaient déjà vingt-cinq ans de ménage, demeuraient plus graves ; et, pourtant à la dérobée, ils échangeaient des regards, humides de leur vieille tendresse. Quant à moi, je croyais revivre dans ces deux amoureux, dont le bonheur mettait, à notre table un coin de paradis. Quelle bonne soupe nous mangeâmes, ce soir-là ! Tante Agathe, ayant toujours le mot pour rire, risqua des plaisanteries. Alors, ce brave Pierre voulut raconter ses amours avec une demoiselle de Lyon. Heureusement, on était au dessert, et tout le monde parlait à la fois. J'avais monté de la cave deux bouteilles de vin cuit. On trinqua à la bonne chance de Gaspard et de Véronique ; cela se dit ainsi chez nous : la bonne chance, c'est de ne jamais se battre, d'avoir beaucoup d'enfants et d'amasser des sacs d'écus. Puis, on chanta. Gaspard savait des chansons d'amour en patois. Enfin, on demanda un cantique à

Marie : elle s'était mise debout, elle avait une voix de flageolet, très fine, et qui vous chatouillait les oreilles.

Pourtant, j'étais allé devant la fenêtre. Comme Gaspard venait m'y rejoindre, je lui dis :

– Il n'y a rien de nouveau, par chez vous ?

– Non, répondit-il. On parle des grandes pluies de ces jours derniers, on prétend que ça pourrait bien amener des malheurs.

En effet, les jours précédents, il avait plu pendant soixante heures, sans discontinuer. La Garonne était très grosse depuis la veille ; mais nous avions confiance en elle ; et, tant qu'elle ne débordait pas, nous ne pouvions la croire mauvaise voisine. Elle nous rendait de si bons services ! elle avait une nappe d'eau si large et si douce ! Puis, les paysans ne quittent pas aisément leur trou, même quand le toit est près de crouler.

– Bah ! m'écriai-je en haussant les épaules, il n'y aura rien. Tous les ans, c'est la même chose : la rivière fait le gros dos, comme si elle était furieuse, et elle s'apaise en une nuit, elle rentre chez elle, plus innocente qu'un agneau. Tu verras, mon garçon ; ce sera encore pour rire, cette fois… Tiens, regarde donc le beau temps !

Et, de la main, je lui montrais le ciel. Il était sept heures, le soleil se couchait. Ah ! que de bleu ! Le ciel n'était que du bleu, une nappe bleue immense, d'une pureté profonde, où le soleil couchant volait comme une poussière d'or. Il tombait de là-haut une joie lente, qui gagnait tout l'horizon. Jamais je n'avais vu le village s'assoupir dans une paix si douce. Sur les tuiles, une teinte rose se mourait. J'entendais le rire d'une voisine, puis des voix d'enfants au tournant de la route, devant chez nous. Plus loin, montaient, adoucis par la distance, des bruits de troupeaux rentrant à l'étable. La grosse voix de la Garonne ronflait, continue ; mais elle me semblait la voix même du silence, tant j'étais habitué à son grondement. Peu à peu, le ciel blanchissait, le village s'endormait davantage. C'était le soir d'un beau jour, et je pensais que tout notre bonheur, les grandes récoltes, la maison heureuse, les fiançailles de Véronique, pleuvant de là-haut, nous arrivaient dans la pureté même de la lumière. Une bénédiction s'élargissait sur nous, avec l'adieu du soir.

Cependant, j'étais revenu au milieu de la pièce. Nos filles bavardaient. Nous les écoutions en souriant, lorsque, tout à coup, dans la grande sérénité de la campagne, un cri terrible retentit, un cri de détresse et de mort :

– La Garonne ! la Garonne !

2

Nous nous précipitâmes dans la cour.

Saint-Jory se trouve au fond d'un pli de terrain, en contre-bas de la Garonne, à cinq cents mètres environ. Des rideaux de hauts peupliers, qui coupent les prairies, cachent la rivière complètement.

Nous n'apercevions rien. Et toujours le cri retentissait :

– La Garonne ! la Garonne !

Brusquement, du large chemin, devant nous, débouchèrent deux hommes et trois femmes ; une d'elles tenait un enfant entre les bras. C'étaient eux qui criaient, affolés, galopant à toutes jambes sur la terre dure. Ils se tournaient parfois, ils regardaient derrière eux, le visage terrifié, comme si une bande de loups les eût poursuivis.

– Eh bien ? qu'ont-ils donc ? demanda Cyprien. Est-ce que vous distinguez quelque chose, grand-père ?

– Non, non, dis-je. Les feuillages ne bougent même pas.

En effet, la ligne basse de l'horizon, paisible, dormait.

Mais je parlais encore, lorsqu'une exclamation nous échappa. Derrière les fuyards, entre les troncs des peupliers, au milieu des grandes touffes d'herbe, nous venions de voir apparaître comme une meute de bêtes grises, tachées de jaune, qui se ruaient. De toutes parts, elles pointaient à la fois, des vagues poussant des vagues, une débandade de masses d'eau moutonnant sans fin, secouant des baves blanches, ébranlant le sol du galop sourd de leur foule.

À notre tour, nous jetâmes le cri désespéré :

– La Garonne ! la Garonne !

Sur le chemin, les deux hommes et les trois femmes couraient toujours. Ils entendaient le terrible galop gagner le leur. Maintenant, les vagues arrivaient en une seule ligne, roulantes, s'écroulant avec le tonnerre d'un bataillon qui charge. Sous leur premier choc, elles avaient cassé trois peupliers, dont les hauts feuillages s'abattirent et disparurent. Une cabane de planches fut engloutie ; un mur creva ; des charrettes dételées s'en allèrent, pareilles à des brins de paille. Mais les eaux semblaient surtout poursuivre les fuyards. Au coude de la route, très en pente à cet endroit, elles tombèrent brusquement en une nappe immense et leur coupèrent toute retraite. Ils couraient encore cependant, éclaboussant la mare à grandes enjambées, ne criant plus, fous de terreur. Les eaux les prenaient aux genoux. Une vague énorme se jeta sur la femme qui portait l'enfant. Tout s'engouffra.

– Vite ! vite ! criai-je. Il faut rentrer... La maison est solide. Nous ne craignons rien.

Par prudence, nous nous réfugiâmes tout de suite au second étage. On fit passer les filles les premières. Je m'entêtais à ne monter que le dernier. La maison était bâtie sur un tertre, au-dessus de la route. L'eau envahissait la cour, doucement, avec un petit bruit. Nous n'étions pas très effrayés.

– Bah ! disait Jacques pour rassurer son monde, ce ne sera rien... Vous vous rappelez, mon père, en 55, l'eau est comme ça venue dans la cour. Il y en a eu un pied ; puis, elle s'en est allée.

– C'est fâcheux pour les récoltes tout de même, murmura Cyprien, à demi-voix.

– Non, non, ce ne sera rien, repris-je à mon tour, en voyant les grands yeux suppliants de nos filles.

Aimée avait couché ses deux enfants dans son lit. Elle se tenait au chevet, assise, en compagnie de Véronique et de Marie. Tante Agathe parlait de faire chauffer du vin qu'elle avait monté, pour nous donner du courage à tous. Jacques et Rose, à la même fenêtre, regardaient. J'étais devant l'autre fenêtre, avec mon frère, Cyprien et Gaspard.

– Montez donc ! criai-je à nos deux servantes qui pataugeaient au milieu de la cour. Ne restez pas à vous mouiller les jambes.

– Mais les bêtes ? dirent-elles. Elles ont peur, elles se tuent dans l'étable.

– Non, non, montez… Tout à l'heure. Nous verrons.

Le sauvetage du bétail était impossible, si le désastre devait grandir. Je croyais inutile d'épouvanter nos gens. Alors, je m'efforçai de montrer une grande liberté d'esprit. Accoudé à la fenêtre, je causais, j'indiquais les progrès de l'inondation. La rivière, après s'être ruée à l'assaut du village, le possédait jusque dans ses plus étroites ruelles. Ce n'était plus une charge de vagues galopantes, mais un étouffement lent et invincible. Le creux, au fond duquel Saint-Jory est bâti, se changeait en lac. Dans notre cour, l'eau atteignit bientôt un mètre. Je la voyais monter ; mais j'affirmais qu'elle restait stationnaire, j'allais même jusqu'à prétendre qu'elle baissait.

– Te voilà forcé de coucher ici, mon garçon, dis-je en me tournant vers Gaspard. À moins que les chemins ne soient libres dans quelques heures… C'est bien possible.

Il me regarda, sans répondre, la figure toute pâle ; et je vis ensuite son regard se fixer sur Véronique avec une angoisse inexprimable.

Il était huit heures et demie. Au-dehors, il faisait jour encore, un jour blanc, d'une tristesse profonde sous le ciel pâle. Les servantes, avant de monter, avaient eu la bonne idée d'aller prendre deux lampes. Je les fis allumer, pensant que leur lumière égaierait un peu la chambre déjà sombre, où nous nous étions réfugiés. Tante Agathe, qui avait roulé une table au milieu de la pièce, voulait organiser une partie de cartes. La digne femme, dont les yeux cherchaient par moments les miens, songeait surtout à distraire les enfants. Sa belle humeur gardait une vaillance superbe ; et elle riait pour combattre l'épouvante qu'elle sentait grandir autour d'elle. La partie eut lieu. Tante Agathe plaça de force à la table Aimée, Véronique et Marie. Elle leur mit les cartes dans les mains, joua elle-même d'un air de passion, battant, coupant, distribuant le jeu, avec une telle abondance de paroles, qu'elle étouffait presque le bruit des eaux. Mais nos filles ne pouvaient s'étourdir ; elles demeuraient toutes blanches, les mains fiévreuses, l'oreille tendue. À chaque instant, la partie s'arrêtait. Une d'elles se tournait, me demandait à demi-voix.

– Grand-père, ça monte toujours ?

L'eau montait avec une rapidité effrayante. Je plaisantais, je répondais :

– Non, non, jouez tranquillement. Il n'y a pas de danger.

Jamais je n'avais eu le cœur serré par une telle angoisse. Tous les hommes s'étaient placés devant les fenêtres, pour cacher le terrifiant spectacle. Nous tâchions de sourire, tournés vers l'intérieur de la chambre, en face des lampes paisibles, dont le rond de clarté tombait sur la table, avec une douceur de veillée. Je me rappelais nos soirées d'hiver, lorsque nous nous réunissions autour de cette table. C'était le même intérieur endormi, plein d'une bonne chaleur d'affection. Et, tandis que la paix était là, j'écoutais derrière mon dos le rugissement de la rivière lâchée, qui montait toujours.

– Louis, me dit mon frère Pierre, l'eau est à trois pieds de la fenêtre. Il faudrait aviser.

Je le fis taire, en lui serrant le bras. Mais il n'était plus possible de cacher le péril. Dans nos étables, les bêtes se tuaient. Il y eut tout d'un coup des bêlements, des beuglements de troupeaux affolés ; et les chevaux poussaient ces cris rauques, qu'on entend de si loin, lorsqu'ils sont en danger de mort.

– Mon Dieu ! mon Dieu ! dit Aimée, qui se mit debout, les poings aux tempes, secouée d'un grand frisson.

Toutes s'étaient levées, et on ne put les empêcher de courir aux fenêtres. Elles y restèrent, droites, muettes, avec leurs cheveux soulevés par le vent de la peur. Le crépuscule était venu. Une clarté louche flottait au-dessus de la nappe limoneuse. Le ciel pâle avait l'air d'un drap blanc jeté sur la terre. Au loin, des fumées traînaient. Tout se brouillait, c'était une fin de jour épouvantée s'éteignant dans une nuit de mort. Et pas un bruit humain, rien que le ronflement de cette mer élargie à l'infini, rien que les beuglements et les hennissements des bêtes !

– Mon Dieu ! mon Dieu ! répétaient à demi-voix les femmes, comme si elles avaient craint de parler tout haut.

Un craquement terrible leur coupa la parole. Les bêtes furieuses venaient d'enfoncer les portes des étables. Elles passèrent dans les flots jaunes, roulées, emportées par le courant. Les moutons étaient charriés comme des feuilles mortes, en bandes, tournoyant au milieu des remous. Les vaches et les chevaux luttaient, marchaient, puis perdaient pied. Notre grand cheval gris surtout ne voulait pas mourir ; il se cabrait, tendait le cou, soufflait avec un bruit de forge ; mais les eaux acharnées le prirent à la croupe, et nous le vîmes abattu, s'abandonner.

Alors, nous poussâmes nos premiers cris. Cela nous vint à la gorge, malgré nous. Nous avions besoin de crier. Les mains tendues vers toutes ces chères bêtes qui s'en allaient, nous nous lamentions, sans nous entendre les uns les autres, jetant au-dehors les pleurs et les sanglots que nous avions contenus jusque-là. Ah ! c'était bien la ruine ! les récoltes perdues, le bétail noyé, la fortune changée en quelques heures ! Dieu n'était pas juste ; nous ne lui avions rien fait, et il nous reprenait tout. Je montrai le poing à l'horizon. Je parlai de notre promenade de l'après-midi, de ces prairies, de ces blés, de ces vignes, que nous avions trouvés si pleins de promesses. Tout cela mentait donc ? Le bonheur mentait. Le soleil mentait, quand il se couchait si doux et si calme, au milieu de la grande sérénité du soir.

L'eau montait toujours. Pierre, qui la surveillait, me cria :

– Louis, méfions-nous, l'eau touche à la fenêtre.

Cet avertissement nous tira de notre crise de désespoir. Je revins à moi, je dis en haussant les épaules :

– L'argent n'est rien. Tant que nous serons tous là, il n'y aura pas de regret à avoir... On en sera quitte pour se remettre au travail.

– Oui, oui, vous avez raison, mon père, reprit Jacques fiévreusement. Et nous ne courons aucun danger, les murs sont bons... Nous allons monter sur le toit.

Il ne nous restait que ce refuge. L'eau, qui avait gravi l'escalier marche à marche, avec un clapotement obstiné, entrait déjà par la porte. On se précipita vers le grenier, ne se lâchant pas d'une enjambée, par ce besoin qu'on a, dans le péril, de se sentir les uns contre les autres. Cyprien avait disparu. Je l'appelai, et je le vis revenir des pièces voisines, la face bouleversée. Alors, comme je m'apercevais également de l'absence de nos deux servantes et que je voulais les attendre, il me regarda étrangement, il me dit tout bas :

– Mortes. Le coin du hangar, sous leur chambre, vient de s'écrouler.

Les pauvres filles devaient être allées chercher leurs économies, dans leurs malles. Il me raconta, toujours à demi-voix, qu'elles s'étaient servies d'une échelle, jetée en manière de pont, pour gagner le bâtiment voisin. Je lui recommandai de ne rien dire. Un grand froid avait passé sur ma nuque. C'était la mort qui entrait dans la maison.

Quand nous montâmes à notre tour, nous ne songeâmes pas même à éteindre les lampes. Les cartes restèrent étalées sur la table. Il y avait déjà un pied d'eau dans la chambre.

3

Le toit, heureusement, était vaste et de pente douce. On y montait par une fenêtre à tabatière, au-dessus de laquelle se trouvait une sorte de plate-forme. Ce fut là que tout notre monde se réfugia. Les femmes s'étaient assises. Les hommes allaient tenter des reconnaissances sur les tuiles, jusqu'aux grandes cheminées, qui se dressaient, aux deux bouts de la toiture. Moi, appuyé à la lucarne par où nous étions sortis, j'interrogeais les quatre points de l'horizon.

– Des secours ne peuvent manquer d'arriver, disais-je bravement. Les gens de Saintin ont des barques. Ils vont passer par ici… Tenez ! là-bas, n'est-ce pas une lanterne sur l'eau ?

Mais personne ne me répondait. Pierre, sans trop savoir ce qu'il faisait, avait allumé sa pipe, et il fumait si rudement, qu'à chaque bouffée il crachait des bouts de tuyau. Jacques et Cyprien regardaient au loin, la face morne ; tandis que Gaspard, serrant les poings, continuait de tourner sur le toit, comme s'il eût cherché une issue. À nos pieds, les femmes en tas, muettes, grelottantes, se cachaient la face pour ne plus voir. Pourtant, Rose leva la tête, jeta un coup d'œil autour d'elle, en demandant :

– Et les servantes, où sont-elles ? pourquoi ne montent-elles pas ?

J'évitai de répondre. Elle m'interrogea alors directement, les yeux sur les miens.

– Où donc sont les servantes ?

Je me détournai, ne pouvant mentir. Et je sentis ce froid de la mort qui m'avait déjà effleuré, passer sur nos femmes et sur nos chères filles. Elles avaient compris. Marie se leva toute droite, eut un gros soupir, puis s'abattit, prise d'une crise de larmes. Aimée tenait serrés dans ses jupes ses deux enfants, qu'elle cachait comme pour les défendre. Véronique, la face entre les mains, ne bougeait plus. Tante Agathe, elle-même, toute pâle, faisait de grands signes de croix, en balbutiant des *Pater* et des *Ave*.

Cependant, autour de nous, le spectacle devenait d'une grandeur souveraine. La nuit, tombée complètement, gardait une limpidité de nuit d'été. C'était un ciel sans lune, mais un ciel criblé d'étoiles, d'un bleu si pur, qu'il emplissait l'espace d'une lumière bleue. Il semblait que le crépuscule se continuait, tant l'horizon restait clair. Et la nappe immense s'élargissait encore sous cette douceur du ciel, toute blanche, comme lumineuse elle-même d'une clarté propre, d'une phosphorescence qui allumait de petites flammes à la crête de chaque flot. On ne distinguait plus la terre, la plaine devait être envahie. Par moments, j'oubliais le danger. Un soir, du côté de Marseille, j'avais aperçu ainsi la mer, j'étais resté devant elle béant d'admiration.

– L'eau monte, l'eau monte, répétait mon frère Pierre, en cassant toujours entre ses dents le tuyau de sa pipe, qu'il avait laissée s'éteindre.

L'eau n'était plus qu'à un mètre du toit. Elle perdait sa tranquillité de nappe dormante. Des courants s'établissaient. À une certaine hauteur, nous cessions d'être protégés par le pli de terrain, qui se trouve en avant du village. Alors, en moins d'une heure, l'eau devint menaçante, jaune, se ruant sur la maison, charriant des épaves, tonneaux défoncés, pièces de bois, paquets d'herbes. Au loin, il y avait maintenant des assauts contre des murs, dont nous entendions les chocs retentissants. Des peupliers tombaient avec un craquement de mort, des maisons s'écroulaient, pareilles à des charretées de cailloux vidées au bord d'un chemin.

Jacques, déchiré par les sanglots des femmes, répétait :

– Nous ne pouvons demeurer ici. Il faut tenter quelque chose… Mon père, je vous en supplie, tentons quelque chose.

Je balbutiais, je disais après lui :

– Oui, oui, tentons quelque chose.

Et nous ne savions quoi. Gaspard offrait de prendre Véronique sur son dos, de l'emporter à la nage. Pierre parlait d'un radeau. C'était fou. Cyprien dit enfin :

– Si nous pouvions seulement atteindre l'église.

Au-dessus des eaux, l'église restait debout, avec son petit clocher carré. Nous en étions séparés par sept maisons. Notre ferme, la première du village, s'adossait à un bâtiment plus haut, qui lui-même était appuyé au bâtiment voisin. Peut-être, par les toits, pourrait-on en effet gagner le presbytère, d'où il était aisé d'entrer dans l'église. Beaucoup de monde déjà devait s'y être réfugié ; car les toitures voisines se trouvaient vides, et nous entendions des voix qui venaient sûrement du clocher. Mais que de dangers pour arriver jusque-là !

– C'est impossible, dit Pierre. La maison des Raimbeau est trop haute. Il faudrait des échelles.

– Je vais toujours voir, reprit Cyprien. Je reviendrai, si la route est impraticable. Autrement, nous nous en irions tous, nous porterions les filles.

Je le laissai aller. Il avait raison. On devait tenter l'impossible. Il venait, à l'aide d'un crampon de fer, fixé dans une cheminée, de monter sur la maison voisine, lorsque sa femme Aimée, en levant la tête, vit qu'il n'était plus là. Elle cria :

– Où est-il ? Je ne veux pas qu'il me quitte. Nous sommes ensemble, nous mourrons ensemble.

Quand elle l'aperçut en haut de la maison, elle courut sur les tuiles, sans lâcher ses enfants. Et elle disait :

– Cyprien, attends-moi. Je vais avec toi, je veux mourir avec toi.

Elle s'entêta. Lui, penché, la suppliait, en lui affirmant qu'il reviendrait, que c'était pour notre salut à tous. Mais, d'un air égaré, elle hochait la tête, elle répétait :

– Je vais avec toi, je vais avec toi. Qu'est-ce que ça te fait ? je vais avec toi.

Il dut prendre les enfants. Puis, il l'aida à monter. Nous pûmes les suivre sur la crête de la maison. Ils marchaient lentement. Elle avait repris dans ses bras les enfants qui pleuraient, et lui, à chaque pas, se retournait, la soutenait.

– Mets-la en sûreté, reviens tout de suite ! criai-je.

Je l'aperçus qui agitait la main, mais le grondement des eaux m'empêcha d'entendre sa réponse. Bientôt, nous ne les vîmes plus. Ils étaient descendus sur l'autre maison, plus basse que la première. Au bout de cinq minutes, ils reparurent sur la troisième, dont le toit devait être très en pente, car ils se traînaient à genoux le long du faîte. Une épouvante soudaine me saisit. Je me mis à crier les mains aux lèvres, de toutes mes forces :

– Revenez ! revenez !

Et tous, Pierre, Jacques, Gaspard, leur criaient aussi de revenir. Nos voix les arrêtèrent une minute. Mais ils continuèrent ensuite d'avancer. Maintenant, ils se trouvaient au coude formé par la rue, en face de la maison Raimbeau, une haute bâtisse dont le toit dépassait celui des maisons voisines de trois mètres au moins. Un instant, ils hésitèrent. Puis, Cyprien monta le long d'un tuyau de cheminée, avec une agilité de chat. Aimée, qui avait dû consentir à l'attendre, restait debout au milieu des tuiles. Nous la distinguions nettement, serrant ses enfants contre sa poitrine, toute noire sur le ciel clair, comme grandie. Et c'est alors que l'épouvantable malheur commença.

La maison des Raimbeau, destinée d'abord à une exploitation industrielle, était très légèrement bâtie. En outre, elle recevait en pleine façade le courant de la rue. Je croyais la voir trembler sous les attaques de l'eau ; et, la gorge serrée, je suivais Cyprien, qui traversait le toit. Tout à coup, un grondement se fit entendre. La lune se levait, une lune ronde, libre dans le ciel, et dont la face jaune éclairait le lac immense d'une lueur vive de lampe. Pas un détail de la catastrophe ne fut perdu pour nous. C'était la maison des Raimbeau qui venait de s'écrouler. Nous avions jeté un cri de terreur, en voyant Cyprien disparaître. Dans l'écroulement, nous ne distinguions qu'une tempête, un rejaillissement de vagues sous les débris de la toiture. Puis, le calme se fit, la nappe reprit son niveau, avec le trou noir de la maison engloutie, hérissant hors de l'eau la carcasse de ses planchers fendus. Il y avait là un amas de poutres enchevêtrées, une charpente de cathédrale à demi détruite. Et, entre ces poutres, il me sembla voir un corps remuer, quelque chose de vivant tenter des efforts surhumains.

– Il vit ! criai-je. Ah ! Dieu soit loué, il vit !… Là, au-dessus de cette nappe blanche que la lune éclaire !

Un rire nerveux nous secouait. Nous tapions dans nos mains de joie, comme sauvés nous-mêmes.

– Il va remonter, disait Pierre.

– Oui, oui, tenez ! expliquait Gaspard, le voilà qui tâche de saisir la poutre, à gauche.

Mais nos rires cessèrent. Nous n'échangeâmes plus un mot, la gorge serrée par l'anxiété. Nous venions de comprendre la terrible situation où était Cyprien. Dans la chute de la maison, ses pieds se trouvaient pris entre deux poutres ; et il demeurait pendu, sans pouvoir se dégager, la tête en bas, à quelques centimètres de l'eau. Ce fut une agonie effroyable. Sur le toit de la maison voisine, Aimée était toujours debout, avec ses deux enfants. Un tremblement convulsif la secouait. Elle assistait à la mort de son mari, elle ne quittait pas du regard le malheureux, sous elle, à quelques mètres d'elle. Et elle poussait un hurlement continu, un hurlement de chien, fou d'horreur.

– Nous ne pouvons le laisser mourir ainsi, dit Jacques éperdu. Il faut aller là-bas.

– On pourrait peut-être encore descendre le long des poutres, fit remarquer Pierre. On le dégagerait.

Et ils se dirigeaient vers les toits voisins, lorsque la deuxième maison s'écroula à son tour. La route se trouvait coupée. Alors, un froid nous glaça. Nous nous étions pris les mains, machinalement ; nous nous les serrions à les broyer, sans pouvoir détacher nos regards de l'affreux spectacle.

Cyprien avait d'abord tâché de se raidir. Avec une force extraordinaire, il s'était écarté de l'eau, il maintenait son corps dans une position oblique. Mais la fatigue le brisait. Il lutta pourtant, voulut se rattraper aux poutres, lança les mains autour de lui, pour voir s'il ne rencontrerait rien où s'accrocher. Puis, acceptant la mort, il retomba, il pendit de nouveau, inerte. La mort fut lente à venir. Ses cheveux trempaient à peine dans l'eau, qui montait avec patience. Il devait en sentir la fraîcheur au sommet du crâne. Une première vague lui mouilla le front. D'autres fermèrent les yeux. Lentement, nous vîmes la tête disparaître.

Les femmes, à nos pieds, avaient enfoncé leur visage entre leurs mains jointes. Nous-mêmes, nous tombâmes à genoux, les bras tendus, pleurant, balbutiant des supplications. Sur la toiture, Aimée toujours debout, avec ses enfants serrés contre elle, hurlait plus fort dans la nuit.

4

J'ignore combien de temps nous restâmes dans la stupeur de cette crise. Quand je revins à moi, l'eau avait grandi encore. Maintenant, elle atteignait les tuiles ; le toit n'était plus qu'une île étroite, émergeant de la nappe immense. À droite, à gauche, les maisons avaient dû s'écrouler. La mer s'étendait.

– Nous marchons, murmurait Rose qui se cramponnait aux tuiles.

Et nous avions tous, en effet, une sensation de roulis, comme si la toiture emportée se fût changée en radeau. Le grand ruissellement semblait nous charrier. Puis, quand nous regardions le clocher de l'église, immobile en face de nous, ce vertige cessait ; nous nous retrouvions à la même place, dans la houle des vagues.

L'eau, alors, commença l'assaut. Jusque-là, le courant avait suivi la rue ; mais les décombres qui la barraient à présent, le faisaient refluer. Ce fut une attaque en règle. Dès qu'une épave, une poutre, passait à la portée du courant, il la prenait, la balançait, puis la précipitait contre la maison comme un bélier. Et il ne la lâchait plus, il la retirait en arrière, pour la lancer de nouveau, en battant les murs à coups redoublés, régulièrement. Bientôt, dix, douze poutres nous attaquèrent ainsi à la fois, de tous les côtés. L'eau rugissait. Des crachements d'écume mouillaient nos pieds. Nous entendions le gémissement sourd de la maison pleine d'eau, sonore, avec ses cloisons qui craquaient déjà. Par moments, à certaines attaques plus rudes, lorsque les poutres tapaient d'aplomb, nous pensions que c'était fini, que les murailles s'ouvraient et nous livraient à la rivière, par leurs brèches béantes.

Gaspard s'était risqué au bord même du toit. Il parvint à saisir une poutre, la tira de ses gros bras de lutteur.

– Il faut nous défendre, criait-il.

Jacques, de son côté, s'efforçait d'arrêter au passage une longue perche. Pierre l'aida. Je maudissais l'âge, qui me laissait sans force, aussi faible qu'un enfant. Mais la défense s'organisait, un duel, trois hommes contre un fleuve. Gaspard, tenant sa poutre en arrêt, attendait les pièces de bois dont le courant faisait des béliers ; et, rudement, il les arrêtait, à une courte distance des murs. Parfois, le choc était si violent, qu'il tombait. À côté de lui, Jacques et Pierre manœuvraient la longue perche, de façon à écarter également les épaves. Pendant près d'une heure, cette lutte inutile dura. Peu à peu, ils perdaient la tête, jurant, tapant, insultant l'eau. Gaspard la sabrait, comme s'il se fût pris corps à corps avec elle, la trouait de coups de pointe ainsi qu'une poitrine. Et l'eau gardait sa tranquille obstination, sans une blessure, invincible. Alors, Jacques et Pierre s'abandonnèrent sur le toit, exténués ; tandis que Gaspard, dans un dernier élan, se laissait arracher par le courant sa poutre, qui, à son tour, nous battit en brèche. Le combat était impossible.

Marie et Véronique s'étaient jetées dans les bras l'une de l'autre. Elles répétaient, d'une voix déchirée, toujours la même phrase, une phrase d'épouvante que j'entends encore sans cesse à mes oreilles :

– Je ne veux pas mourir !… Je ne veux pas mourir !

Rose les entourait de ses bras. Elle cherchait à les consoler, à les rassurer ; et elle-même, toute grelottante, levait sa face et criait malgré elle :

– Je ne veux pas mourir !

Seule, tante Agathe ne disait rien. Elle ne priait plus, ne faisait plus le signe de la croix. Hébétée, elle promenait ses regards, et tâchait encore de sourire, quand elle rencontrait mes yeux.

L'eau battait les tuiles, maintenant. Aucun secours n'était à espérer. Nous entendions toujours des voix, du côté de l'église ; deux lanternes, un moment, avaient passé au loin ; et le silence de nouveau s'élargissait, la nappe jaune étalait son immensité nue. Les gens de Saintin, qui possédaient des barques, devaient avoir été surpris avant nous.

Gaspard, cependant, continuait à rôder sur le toit. Tout d'un coup, il nous appela. Et il disait :

– Attention !... Aidez-moi. Tenez-moi ferme.

Il avait repris une perche, il guettait une épave, énorme, noire, dont la masse nageait doucement vers la maison. C'était une large toiture de hangar, faite de planches solides, que les eaux avaient arrachée tout entière, et qui flottait, pareille à un radeau. Quand cette toiture fut à sa portée, il l'arrêta avec sa perche ; et, comme il se sentait emporté, il nous criait de l'aider. Nous l'avions saisi par la taille, nous le tenions ferme. Puis, dès que l'épave entra dans le courant, elle vint d'elle-même aborder contre notre toit, si rudement même, que nous eûmes peur un instant de la voir voler en éclats.

Gaspard avait hardiment sauté sur ce radeau que le hasard nous envoyait. Il le parcourait en tous sens, pour s'assurer de sa solidité, pendant que Pierre et Jacques le maintenaient au bord du toit ; et il riait, il disait joyeusement :

– Grand-père, nous voilà sauvés... Ne pleurez plus, les femmes !... Un vrai bateau. Tenez ! mes pieds sont à sec. Et il nous portera bien tous. Nous allons être comme chez nous, là-dessus !

Pourtant, il crut devoir le consolider. Il saisit les poutres qui flottaient, les lia avec des cordes, que Pierre avait emportées à tout hasard, en quittant les chambres du bas. Il tomba même dans l'eau ; mais, au cri qui nous échappa, il répondit par de nouveaux rires. L'eau le connaissait, il faisait une lieue de Garonne à la nage. Remonté sur le toit, il se secoua, en s'écriant :

– Voyons, embarquez, ne perdons pas de temps.

Les femmes s'étaient mises à genoux. Gaspard dut porter Véronique et Marie au milieu du radeau, où il les fit asseoir. Rose et tante Agathe glissèrent d'elles-mêmes sur les tuiles et allèrent se placer auprès des jeunes filles. À ce moment, je regardai du côté de l'église. Aimée était toujours là. Elle s'adossait maintenant contre une cheminée, et elle tenait ses enfants en l'air, au bout des bras, ayant déjà de l'eau jusqu'à la ceinture.

– Ne vous affligez pas, grand-père, me dit Gaspard. Nous allons la prendre en passant, je vous le promets.

Pierre et Jacques étaient montés sur le radeau. J'y sautai à mon tour. Il penchait un peu d'un côté, mais il était réellement assez solide pour nous porter tous. Enfin, Gaspard quitta le toit le dernier, en nous disant de prendre des perches, qu'il avait préparées et qui devaient nous servir de rames. Lui-même en tenait une très longue, dont il se servait avec une grande habileté. Nous nous laissions commander par lui. Sur un ordre qu'il nous donna, nous appuyâmes tous nos perches contre les tuiles pour nous éloigner. Mais il semblait que le radeau fût collé au toit. Malgré tous nos efforts, nous ne pouvions l'en détacher. À chaque nouvel essai, le courant nous ramenait vers la maison, violemment. Et c'était là une manœuvre des plus dangereuses, car le choc menaçait chaque fois de briser les planches sur lesquelles nous nous trouvions.

Alors, de nouveau, nous eûmes le sentiment de notre impuissance. Nous nous étions crus sauvés, et nous appartenions toujours à la rivière. Même, je regrettais que les femmes ne fussent plus sur le toit ; car, à chaque minute, je les voyais précipitées, entraînées dans l'eau furieuse. Mais, quand je parlai de regagner notre refuge, tous crièrent :

– Non, non essayons encore. Plutôt mourir ici !

Gaspard ne riait plus. Nous renouvelions nos efforts, pesant sur les perches avec un redoublement d'énergie. Pierre eut enfin l'idée de remonter la pente des tuiles et de nous tirer vers la gauche, à l'aide d'une corde ; il put ainsi nous mener en dehors du courant ; puis, quand il eut de nouveau sauté sur le radeau, quelques coups de perche nous permirent de gagner le large. Mais Gaspard se rappela la promesse qu'il m'avait faite d'aller recueillir notre pauvre Aimée, dont le hurlement plaintif ne cessait pas. Pour cela, il fallait traverser la rue, où régnait ce terrible courant, contre lequel nous venions de lutter. Il me consulta du regard. J'étais bouleversé, jamais un pareil combat ne s'était livré en moi. Nous allions exposer huit existences. Et pourtant, si j'hésitai un instant, je n'eus pas la force de résister à l'appel lugubre.

– Oui, oui, dis-je à Gaspard. C'est impossible, nous ne pouvons nous en aller sans elle.

Il baissa la tête, sans une parole, et se mit, avec sa perche, à se servir de tous les murs restés debout. Nous longions la maison voisine, nous passions par-dessus nos étables. Mais, dès que nous débouchâmes dans la rue, un cri nous échappa. Le courant, qui nous avait ressaisis, nous emportait de nouveau, nous ramenait contre notre maison. Ce fut un vertige de quelques secondes. Nous étions roulés comme une feuille, si rapidement, que notre cri s'acheva dans le choc épouvantable du radeau sur les tuiles. Il y eut un déchirement, les planches déclouées tourbillonnèrent, nous fûmes tous précipités. J'ignore ce qui se passa alors. Je me souviens qu'en tombant je vis tante Agathe à plat sur l'eau, soutenue par ses jupes ; et elle s'enfonçait, la tête en arrière, sans se débattre.

Une vive douleur me fit ouvrir les yeux. C'était Pierre qui me tirait par les cheveux, le long des tuiles. Je restai couché, stupide, regardant. Pierre venait de replonger. Et, dans l'étourdissement où je me trouvais, je fus surpris d'apercevoir tout d'un coup Gaspard, à la place où mon frère avait disparu : le jeune homme portait Véronique dans ses bras. Quand il l'eut déposée près de moi, il se jeta de nouveau, il retira Marie, la face d'une blancheur de cire, si raide et si immobile, que je la crus morte. Puis, il se jeta encore. Mais, cette fois, il chercha inutilement. Pierre l'avait rejoint. Tous deux se parlaient, se donnaient des indications que je n'entendais pas. Comme ils remontaient sur le toit, épuisés :

– Et tante Agathe ! criai-je, et Jacques ! et Rose !

Ils secouèrent la tête. De grosses larmes roulaient dans leurs yeux. Aux quelques mots qu'ils me dirent, je compris que Jacques avait eu la tête fracassée par le heurt d'une poutre. Rose s'était cramponnée au cadavre de son mari, qui l'avait emportée. Tante Agathe n'avait pas reparu. Nous pensâmes que son corps, poussé par le courant, était entré dans la maison, au-dessous de nous, par une fenêtre ouverte.

Et, me soulevant, je regardai vers la toiture où Aimée se cramponnait quelques minutes auparavant. Mais l'eau montait toujours. Aimée ne hurlait plus. J'aperçus seulement ses deux bras raidis, qu'elle levait pour tenir ses enfants hors de l'eau. Puis, tout s'abîma, la nappe se referma, sous la lueur dormante de la lune.

5

Nous n'étions plus que cinq sur le toit. L'eau nous laissait à peine une étroite bande libre, le long du faîtage. Une des cheminées venait d'être emportée. Il nous fallut soulever Véronique et Marie évanouies, les tenir presque debout, pour que le flot ne leur mouillât pas les jambes.

Elles reprirent enfin connaissance, et notre angoisse s'accrut, à les voir trempées, frissonnantes, crier de nouveau qu'elles ne voulaient pas mourir. Nous les rassurions comme on rassure les enfants, en leur disant qu'elles ne mourraient pas, que nous empêcherions bien la mort de les prendre. Mais elles ne nous croyaient plus, elles savaient bien qu'elles allaient mourir. Et, chaque fois que ce mot « mourir » tombait comme un glas, leurs dents claquaient, une angoisse les jetait au cou l'une de l'autre.

C'était la fin. Le village détruit ne montrait plus, autour de nous, que quelques pans de murailles. Seule, l'église dressait son clocher intact, d'où venaient toujours des voix, un murmure de gens à l'abri. Au loin ronflait la coulée énorme des eaux. Nous n'entendions même plus ces éboulements de maisons, pareils à des charrettes de cailloux brusquement déchargés. C'était un abandon, un naufrage en plein Océan, à mille lieues des terres.

Un instant, nous crûmes surprendre à gauche un bruit de rames. On aurait dit un battement, doux, cadencé, de plus en plus net. Ah ! quelle musique d'espoir, et comme nous nous dressâmes tous pour interroger l'espace ! Nous retenions notre haleine. Et nous n'apercevions rien. La nappe jaune s'étendait, tachée d'ombres noires ; mais aucune de ces ombres, cimes d'arbres, restes de murs écroulés, ne bougeait. Des épaves, des herbes, des tonneaux vides, nous causèrent des fausses joies ; nous agitions nos mouchoirs, jusqu'à ce que, notre erreur reconnue, nous retombions dans l'anxiété qui frappait toujours nos oreilles, de ce bruit sans que nous pussions découvrir d'où il venait.

– Ah ! je la vois, cria Gaspard, brusquement. Tenez ! là-bas, une grande barque !

Et il nous désignait, le bras tendu, un point éloigné. Moi, je ne voyais rien ; Pierre, non plus. Mais Gaspard s'entêtait. C'était bien une barque. Les coups de rames nous arrivaient plus distincts. Alors, nous finîmes aussi par l'apercevoir. Elle filait lentement, ayant l'air de tourner autour de nous, sans approcher. Je me souviens qu'à ce moment nous fûmes comme fous. Nous levions les bras avec fureur, nous poussions des cris, à nous briser la gorge. Et nous insultions la barque, nous la traitions de lâche. Elle, toujours noire et muette, tournait plus lentement. Était-ce réellement une barque ? je l'ignore encore. Quand nous crûmes la voir disparaître, elle emporta notre dernière espérance.

Désormais, à chaque seconde, nous nous attendions à être engloutis, dans la chute de la maison. Elle se trouvait minée, elle n'était sans doute portée que par quelque gros mur, qui allait l'entraîner tout entière, en s'écroulant. Mais ce dont je tremblais surtout, c'était de sentir la toiture fléchir sous notre poids. La maison aurait peut-être tenu toute la nuit ; seulement, les tuiles s'affaissaient, battues et trouées par les poutres. Nous nous étions réfugiés vers la gauche, sur des chevrons solides encore. Puis, ces chevrons eux-mêmes parurent faiblir. Certainement, ils s'enfonceraient, si nous restions tous les cinq entassés sur un si petit espace.

Depuis quelques minutes, mon frère Pierre avait remis sa pipe à ses lèvres, d'un geste machinal. Il tordait sa moustache de vieux soldat, les sourcils froncés, grognant de sourdes paroles. Ce danger croissant qui l'entourait et contre lequel son courage ne pouvait rien, commençait à l'impatienter fortement. Il avait craché deux ou trois fois dans l'eau, d'un air de colère méprisante. Puis, comme nous enfoncions toujours, il se décida, il descendit la toiture.

– Pierre ! Pierre ! criai-je, ayant peur de comprendre.

Il se retourna et me dit tranquillement :

– Adieu, Louis... Vois-tu, c'est trop long pour moi. Ça vous fera de la place.

Et, après avoir jeté sa pipe la première, il se précipita lui-même, en ajoutant :

– Bonsoir, j'en ai assezl

Il ne reparut pas. Il était nageur médiocre. D'ailleurs, il s'abandonna sans doute, le cœur crevé par notre ruine et par la mort de tous les nôtres, ne voulant pas leur survivre.

Deux heures du matin sonnèrent à l'église. La nuit allait finir, cette horrible nuit déjà si pleine d'agonies et de larmes. Peu à peu, sous nos pieds, l'espace encore sec se rétrécissait ; c'était un murmure d'eau courante, de petits flots caressants qui jouaient et se poussaient. De nouveau, le courant avait changé ; les épaves passaient à droite du village, flottant avec lenteur, comme si les eaux près d'atteindre leur plus haut niveau, se fussent reposées, lasses et paresseuses.

Gaspard, brusquement, retira ses souliers et sa veste. Depuis un instant, je le voyais joindre les mains, s'écraser les doigts. Et, comme je l'interrogeais :

– Écoutez, grand-père, dit-il, je meurs, à attendre. Je ne puis plus rester… Laissez-moi faire, je la sauverai.

Il parlait de Véronique. Je voulus combattre son idée. Jamais il n'aurait la force de porter la jeune fille jusqu'à l'église. Mais lui, s'entêtait.

– Si ! si ! j'ai de bons bras, je me sens fort… Vous allez voir !

Et il ajoutait qu'il préférait tenter ce sauvetage tout de suite, qu'il devenait faible comme un enfant, à écouter la maison s'émietter sous nos pieds.

– Je l'aime, je la sauverai, répétait-il.

Je demeurai silencieux, j'attirai Marie contre ma poitrine. Alors, il crut que je lui reprochais son égoïsme d'amoureux, il balbutia :

– Je reviendrai prendre Marie, je vous le jure. Je trouverai bien un bateau, j'organiserai un secours quelconque… Ayez confiance, grand-père.

Il ne conserva que son pantalon. Et, à demi-voix, rapidement, il adressait des recommandations à Véronique : elle ne se débattrait pas, elle s'abandonnerait sans un mouvement, elle n'aurait pas peur surtout. La jeune fille, à chaque phrase, répondait oui, d'un air égaré. Enfin, après avoir fait un signe de croix, bien qu'il ne fût guère dévot d'habitude, il se laissa glisser sur le toit, en tenant Véronique par une corde qu'il lui avait nouée sous les bras. Elle poussa un grand cri, battit l'eau de ses membres, puis, suffoquée, s'évanouit.

– J'aime mieux ça, me cria Gaspard. Maintenant, je réponds d'elle.

On s'imagine avec quelle angoisse je les suivis des yeux. Sur l'eau blanche, je distinguais les moindres mouvements de Gaspard. Il soutenait la jeune fille, à l'aide de la corde, qu'il avait enroulée autour de son propre cou ; et il la portait ainsi, à demi jetée sur son épaule droite. Ce poids écrasant l'enfonçait par moments ; pourtant, il avançait, nageant avec une force surhumaine. Je ne doutais plus, il avait déjà parcouru un tiers de la distance, lorsqu'il se heurta à quelque mur caché sous l'eau. Le choc fut terrible. Tous deux disparurent. Puis, je le vis reparaître seul ; la corde devait s'être rompue. Il plongea à deux reprises. Enfin, il revint, il ramenait Véronique, qu'il reprit sur son dos. Mais il n'avait plus de corde pour la tenir, elle l'écrasait davantage. Cependant, il avançait toujours. Un tremblement me secouait, à mesure qu'ils approchaient de l'église. Tout à coup, je voulus crier, j'apercevais des poutres qui arrivaient de biais. Ma bouche resta grande ouverte : un nouveau choc les avait séparés, les eaux se refermèrent.

À partir de ce moment, je demeurai stupide. Je n'avais plus qu'un instinct de bête veillant à sa conservation. Quand l'eau avançait, je reculais. Dans cette stupeur, j'entendis longtemps un rire, sans m'expliquer qui riait ainsi près de moi. Le jour se levait, une grande aurore blanche. Il faisait bon, très frais et très calme, comme au bord d'un étang dont la nappe s'éveille avant le lever du soleil. Mais le rire sonnait toujours ; et, en me tournant, je trouvai Marie, debout dans ses vêtements mouillés. C'était elle qui riait.

Ah ! la pauvre chère créature, comme elle était douce et jolie, à cette heure matinale ! Je la vis se baisser, prendre dans le creux de sa main un peu d'eau, dont elle se lava la figure. Puis, elle tordit ses beaux cheveux blonds, elle les noua derrière sa tête. Sans doute, elle faisait sa toilette, elle semblait se croire dans sa petite chambre, le dimanche, lorsque la cloche sonnait gaîment. Et elle continuait à rire, de son rire enfantin, les yeux clairs, la face heureuse.

Moi, je me mis à rire comme elle, gagné par sa folie. La terreur l'avait rendue folle, et c'était une grâce du ciel, tant elle paraissait ravie de la pureté de cette aube printanière.

Je la laissais se hâter, ne comprenant pas, hochant la tête tendrement. Elle se faisait toujours belle. Puis, quand elle se crut prête à partir, elle chanta un de ses cantiques de sa fine voix de cristal. Mais, bientôt, elle s'interrompit, elle cria, comme si elle avait répondu à une voix qui l'appelait et qu'elle entendait seule :

– J'y vais ! j'y vais !

Elle reprit son cantique, elle descendit la pente du toit, elle entra dans l'eau, qui la recouvrit doucement, sans secousse. Je n'avais pas cessé de sourire. Je regardais d'un air heureux la place où elle venait de disparaître.

Ensuite, je ne me souviens plus. J'étais tout seul sur le toit. L'eau avait encore monté. Une cheminée restait debout, et je crois que je m'y cramponnais de toutes mes forces, comme un animal qui ne veut pas mourir. Ensuite rien, rien, un trou noir, le néant.

6

Pourquoi suis-je encore là ? On m'a dit que les gens de Saintin étaient venus vers six heures, avec des barques, et qu'ils m'avaient trouvé couché sur une cheminée, évanoui. Les eaux ont eu la cruauté de ne pas m'emporter après tous les miens, pendant que je ne sentais plus mon malheur.

C'est moi, le vieux, qui me suis entêté à vivre. Tous les autres sont partis, les enfants au maillot, les filles à marier, les jeunes ménages, les vieux ménages. Et moi je vis ainsi qu'une herbe mauvaise, rude et séchée, enracinée aux cailloux ! Si j'avais du courage, je ferais comme Pierre, je dirais : « J'en ai assez, bonsoir ! » et je me jetterais dans la Garonne, pour m'en aller par le chemin que tous ont suivi.

Je n'ai plus un enfant, ma maison est détruite, mes champs sont ravagés. Oh ! le soir, quand nous étions tous à table, les vieux au milieu, les plus jeunes à la file, et que cette gaîté m'entourait et me tenait chaud ! Oh ! les grands jours de la moisson et de la vendange, quand nous étions tous au travail, et que nous rentrions gonflés de l'orgueil de notre richesse ! Oh ! les beaux enfants et les belles vignes, les belles filles et les beaux blés, la joie de ma vieillesse, la vivante récompense de ma vie entière ! Puisque tout cela est mort, mon Dieu ! pourquoi voulez-vous que je vive ?

Il n'y a pas de consolation. Je ne veux pas de secours. Je donnerai mes champs aux gens du village qui ont encore leurs enfants. Eux, trouveront le courage de débarrasser la terre des épaves et de la cultiver de nouveau. Quand on n'a plus d'enfants, un coin suffit pour mourir.

J'ai eu une seule envie, une dernière envie. J'aurais voulu retrouver les corps des miens, afin de les faire enterrer dans notre cimetière, sous une dalle où je serais allé les rejoindre. On racontait qu'on avait repêché, à Toulouse, une quantité de cadavres emportés par le fleuve. Je me suis décidé à tenter le voyage.

Quel épouvantable désastre ! Près de deux mille maisons écroulées ; sept cents morts ; tous les ponts emportés ; un quartier rasé, noyé sous la boue ; des drames atroces ; vingt mille misérables demi-nus et crevant la faim ; la ville empestée par les cadavres, terrifiée par la crainte du typhus ; le deuil partout, les rues pleines de convois funèbres, les aumônes impuissantes à panser les plaies. Mais je marchais sans rien voir, au milieu de ces ruines. J'avais mes ruines, j'avais mes morts, qui m'écrasaient.

On me dit qu'en effet beaucoup de corps avaient pu être repêchés. Ils étaient déjà ensevelis, en longues files, dans un coin du cimetière. Seulement, on avait eu le soin de photographier les inconnus. Et c'est parmi ces portraits lamentables que j'ai trouvé ceux de Gaspard et de Véronique. Les deux fiancés étaient demeurés liés l'un à l'autre, par une étreinte passionnée, échangeant dans la mort leur baiser de noces. Ils se serraient encore si puissamment, les bras raidis, la bouche collée sur la bouche, qu'il aurait fallu leur casser les membres pour les séparer. Aussi les avait-on photographiés ensemble, et ils dormaient ensemble sous la terre.

Je n'ai plus qu'eux, cette image affreuse, ces deux beaux enfants gonflés par l'eau, défigurés, gardant encore sur leurs faces livides, l'héroïsme de leur tendresse. Je les regarde, et je pleure.

LES COQUILLAGES DE M. CHABRE

1

Le grand chagrin de M. Chabre était de ne pas avoir d'enfant. Il avait épousé une demoiselle Catinot, de la maison Desvignes et Catinot, la blonde Estelle, grande belle fille de dix-huit ans ; et, depuis quatre ans, il attendait, anxieux, consterné, blessé de l'inutilité de ses efforts.

M. Chabre était un ancien marchand de grains retiré. Il avait une belle fortune. Bien qu'il eût mené la vie chaste d'un bourgeois enfoncé dans l'idée fixe de devenir millionnaire, il traînait à quarante-cinq ans des jambes alourdies de vieillard. Sa face blême, usée par les soucis de l'argent, était plate et banale comme un trottoir. Et il se désespérait, car un homme qui a gagné cinquante mille francs de rentes a certes le droit de s'étonner qu'il soit plus difficile d'être père que d'être riche.

La belle Mme Chabre avait alors vingt-deux ans. Elle était adorable avec son teint de pêche mûre, ses cheveux couleur de soleil, envolés sur sa nuque. Ses yeux d'un bleu vert semblaient une eau dormante, sous laquelle il était malaisé de lire. Quand son mari se plaignait de la stérilité de leur union, elle redressait sa taille souple, elle développait l'ampleur de ses hanches et de sa gorge ; et le sourire qui pinçait le coin de ses lèvres disait clairement : « Est-ce ma faute ? » D'ailleurs, dans le cercle de ses relations, Mme Chabre était regardée comme une personne d'une éducation parfaite, incapable de faire causer d'elle, suffisamment dévote, nourrie enfin dans les bonnes traditions bourgeoises par une mère rigide. Seules, les ailes fines de son petit nez blanc avaient parfois des battements nerveux, qui auraient inquiété un autre mari qu'un ancien marchand de grains.

Cependant, le médecin de la famille, le docteur Guiraud, gros homme fin et souriant, avait eu déjà plusieurs conversations particulières avec M. Chabre. Il lui expliquait combien la science est encore en retard. Mon Dieu ! non, on ne plantait pas un enfant comme un chêne. Pourtant, ne voulant désespérer personne, il lui avait promis de songer à son cas. Et, un matin de juillet, il vint lui dire :

– Vous devriez partir pour les bains de mer, cher monsieur... Oui, c'est excellent. Et surtout mangez beaucoup de coquillages, ne mangez que des coquillages.

M. Chabre, repris d'espérance, demanda vivement :

– Des coquillages, docteur ?... Vous croyez que des coquillages... ?

– Parfaitement ! On a vu le traitement réussir. Entendez-vous, tous les jours des huîtres, des moules, des clovisses, des oursins, des arapèdes, même des homards et des langoustes.

Puis, comme il se retirait, il ajouta négligemment, sur le seuil de la porte :

– Ne vous enterrez pas. Mme Chabre est jeune et a besoin de distractions... Allez à Trouville. L'air y est très bon.

Trois jours après, le ménage Chabre partait. Seulement, l'ancien marchand de grains avait pensé qu'il était complètement inutile d'aller à Trouville, où il dépenserait un argent fou. On est également bien dans tous les pays pour manger des coquillages ; même, dans un pays perdu, les coquillages devaient être plus abondants et moins chers. Quant aux amusements, ils seraient toujours trop nombreux. Ce n'était pas un voyage de plaisir qu'ils faisaient.

Un ami avait enseigné à M. Chabre la petite plage du Pouliguen, près de Saint-Nazaire. Mme Chabre, après un voyage de douze heures, s'ennuya beaucoup, pendant la journée qu'ils passèrent à Saint-Nazaire, dans cette ville naissante, avec ses rues neuves tracées au cordeau, pleines encore de chantiers de construction. Ils allèrent visiter le port, ils se traînèrent dans les rues, où les magasins hésitent entre les épiceries noires des villages et les grandes épiceries luxueuses des villes. Au Pouliguen, il n'y avait plus un seul chalet à louer. Les petites maisons de planches et de plâtre, qui semblent entourer la baie des baraques violemment peinturlurées d'un champ de foire, se trouvaient déjà envahies par des Anglais et par les riches négociants de Nantes. D'ailleurs, Estelle faisait une moue, en face de ces architectures, dans lesquelles des bourgeois artistes avaient donné carrière à leur imagination.

On conseilla aux voyageurs d'aller coucher à Guérande. C'était un dimanche. Quand ils arrivèrent, vers midi, M. Chabre éprouva un saisissement, bien qu'il ne fût pas de nature poétique. La vue de Guérande, de ce bijou féodal si bien conservé, avec son enceinte fortifiée et ses portes profondes, surmontées de mâchicoulis, l'étonna. Estelle regardait la ville silencieuse, entourée des grands arbres de ses promenades ; et, dans l'eau dormante de ses yeux, une rêverie souriait. Mais la voiture roulait toujours, le cheval passa au trot sous une porte, et les roues dansèrent sur le pavé pointu des rues étroites. Les Chabre n'avaient pas échangé une parole.

– Un vrai trou ! murmura enfin l'ancien marchand de grains. Les villages, autour de Paris, sont mieux bâtis.

Comme le ménage descendait de voiture devant l'hôtel du Commerce, situé au centre de la ville, à côté de l'église, justement on sortait de la grand'messe. Pendant que son mari s'occupait des bagages, Estelle fit quelques pas, très intéressée par le défilé des fidèles, dont un grand nombre portaient des costumes originaux. Il y avait là, en blouse blanche et en culotte bouffante, des paludiers qui vivent dans les marais salants, dont le vaste désert s'étale entre Guérande et Le Croisic. Il y avait aussi des métayers, race complètement distincte, qui portaient la courte veste de drap et le large chapeau rond. Mais Estelle fut surtout ravie par le costume riche d'une jeune fille. La coiffe la serrait aux tempes et se terminait en pointe. Sur son corset rouge, garni de larges manches à revers, s'appliquait un plastron de soie broché de fleurs voyantes. Et une ceinture, aux broderies d'or et d'argent, serrait ses trois jupes de drap bleu superposées, plissées à plis serrés ; tandis qu'un long tablier de soie orange descendait, en laissant à découvert ses bas de laine rouge et ses pieds chaussés de petites mules jaunes.

– S'il est permis ! dit M. Chabre, qui venait de se planter derrière sa femme. Il faut être en Bretagne pour voir un pareil carnaval.

Estelle ne répondit pas. Un grand jeune homme, d'une vingtaine d'années, sortait de l'église, en donnant le bras à une vieille dame. Il était très blanc de peau, la mine fière, les cheveux d'un blond fauve. On aurait dit un géant, aux épaules larges, aux membres déjà bossués de muscles, et si tendre, si délicat pourtant, qu'il avait la figure rose d'une jeune fille, sans un poil aux joues. Comme Estelle le regardait fixement, surprise de sa grande beauté, il tourna la tête, la regarda une seconde, et rougit.

– Tiens ! murmura M. Chabre, en voilà un au moins qui a une figure humaine. Ça fera un beau carabinier.

– C'est M. Hector, dit la servante de l'hôtel, qui avait entendu. Il accompagne sa maman, Mme de Plougastel... Oh ! un enfant bien doux, bien honnête !

Pendant le déjeuner, à table d'hôte, les Chabre assistèrent à une vive discussion. Le conservateur des hypothèques, qui prenait ses repas à l'hôtel du Commerce, vanta la vie patriarcale de Guérande, surtout les bonnes mœurs de la jeunesse. À l'entendre, c'était l'éducation religieuse qui conservait ainsi l'innocence des habitants. Et il donnait des exemples, il citait des faits. Mais un commis voyageur, arrivé du matin, avec des caisses de bijoux faux, ricanait, en racontant qu'il avait aperçu, le long du chemin, des filles et des garçons qui s'embrassaient derrière les haies. Il aurait voulu voir les gars du pays, si on leur avait mis sous le nez des dames aimables. Et il finit par plaisanter la religion, les curés et les religieuses, si bien que le conservateur des hypothèques jeta sa serviette et s'en alla, suffoqué. Les Chabre avaient mangé, sans dire un mot, le mari furieux des choses qu'on entendait dans les tables d'hôte, la femme paisible et souriante, comme si elle ne comprenait pas.

Pour occuper l'après-midi, le ménage visita Guérande. Dans l'église Saint-Aubin, il faisait une fraîcheur délicieuse. Ils s'y promenèrent doucement, levant les yeux vers les hautes voûtes, sous lesquelles des faisceaux de colonnettes montent comme des fusées de pierre. Ils s'arrêtèrent devant les sculptures étranges des chapiteaux, où l'on voit des bourreaux scier des patients en deux, et les faire cuire sur des grils, tandis qu'ils alimentent le feu avec de gros soufflets. Puis, ils parcoururent les cinq ou six rues de la ville, et M. Chabre garda son opinion : décidément, c'était un trou, sans le moindre commerce, une de ces vieilleries du moyen âge, comme on en avait tant démoli déjà. Les rues étaient désertes, bordées de maisons à pignon, qui se tassaient les unes contre les autres, pareilles à de vieilles femmes lasses. Des toits pointus, des poivrières couvertes d'ardoises clouées, de tourelles d'angle, des restes de sculptures usés par le temps, faisaient de certains coins silencieux comme des musées dormant au soleil. Estelle, qui lisait des romans depuis qu'elle était mariée, avait des regards langoureux, en examinant les fenêtres à petites vitres garnies de plomb. Elle songeait à Walter Scott.

Mais, quand les Chabre sortirent de la ville pour en faire le tour, ils hochèrent la tête et durent convenir que c'était vraiment gentil. Les murailles de granit se développent sans une brèche, dorées par le soleil, intactes comme au premier jour. Des draperies de lierre et de chèvrefeuille pendent seules des mâchicoulis. Sur les tours, qui flanquent les remparts, des arbustes ont poussé, des genêts d'or, des giroflées de flamme, dont les panaches de fleurs brûlent dans le ciel clair. Et, tout autour de la ville, s'étendent des promenades ombragées de grands arbres, des ormes séculaires, sous lesquels l'herbe pousse. On marche là à petits pas, comme sur un tapis, en longeant les anciens fossés, comblés par endroits, changés plus loin en mares stagnantes, dont les eaux moussues ont d'étranges reflets. Des bouleaux, contre les murailles y mirent leurs troncs blancs. Des nappes de plantes y étalent leurs cheveux verts. Des coups de lumière glissent entre les arbres, éclairent des coins mystérieux, des enfoncements de poterne, où les grenouilles mettent seules leurs sauts brusques et effarés, dans le silence recueilli des siècles morts.

– Il y a dix tours, je les ai comptées ! s'écria M. Chabre, lorsqu'ils furent revenus à leur point de départ.

Les quatre portes de la ville l'avaient surtout frappé, avec leur porche étroit et profond, où une seule voiture pouvait passer à la fois. Est-ce que ce n'était pas ridicule, au dix-neuvième siècle, de rester enfermé ainsi ? C'est lui qui aurait rasé les portes, de vraies citadelles, trouées de meurtrières, aux murs si épais, qu'on aurait pu bâtir à leur place deux maisons de six étages !

– Sans compter, ajoutait-il, les matériaux qu'on retirerait également des remparts.

Ils étaient alors sur le Mail, vaste promenade exhaussée, formant un quart de cercle, de la porte de l'est à la porte du sud. Estelle restait songeuse, en face de l'admirable horizon qui s'étendait à des lieues, au-delà des toitures du faubourg. C'était d'abord une bande de nature puissante, des pins tordus par les vents de la mer, des buissons noueux, toute une végétation d'une verdure noire. Puis s'étendait le désert des marais salants, l'immense plaine nue, avec les miroirs des bassins carrés et les blancheurs des petits tas de sel, qui s'allumaient sur la nappe grise des sables. Et, plus loin, à la limite du ciel, l'Océan mettait sa profondeur bleue. Trois voiles, dans ce bleu, semblaient trois hirondelles blanches.

– Voici le jeune homme de ce matin, dit tout d'un coup M. Chabre. Tu ne trouves pas qu'il ressemble au petit des Larivière ? S'il avait une bosse, ce serait tout à fait ça.

Estelle s'était lentement tournée. Mais Hector, planté au bord du Mail, l'air absorbé, lui aussi, par la vue lointaine de la mer, ne parut pas s'apercevoir qu'on le regardait. Alors, la jeune femme se remit lentement à marcher. Elle s'appuyait sur la longue canne de son ombrelle. Au bout d'une dizaine de pas, le nœud de l'ombrelle se détacha. Et les Chabre entendirent une voix derrière eux.

– Madame, madame…

C'était Hector qui avait ramassé le nœud.

– Mille fois merci, monsieur, dit Estelle avec son tranquille sourire.

Il était bien doux, bien honnête, ce garçon. Il plut tout de suite à M. Chabre, qui lui confia son embarras sur le choix d'une plage et lui demanda même des renseignements. Hector, très timide, balbutiait.

– Je ne crois pas que vous trouviez ce que vous cherchez ni au Croisic ni au bourg de Batz, dit-il en montrant les clochers de ces petites villes à l'horizon. Je vous conseille d'aller à Piriac…

Et il fournit des détails. Piriac était à trois lieues. Il avait un oncle dans les environs. Enfin, sur une question de M. Chabre, il affirma que les coquillages s'y trouvaient en abondance.

La jeune femme tapait l'herbe rase du bout de son ombrelle. Le jeune homme ne levait pas les yeux sur elle, comme très embarrassé par sa présence.

– Une bien jolie ville que Guérande, monsieur, finit par dire Estelle de sa voix flûtée.

– Oh ! bien jolie, balbutia Hector, en la dévorant brusquement du regard.

2

Un matin, trois jours après l'installation du ménage à Piriac, M. Chabre, debout sur la plateforme de la jetée qui protège le petit port, surveillait placidement le bain d'Estelle, en train de faire la planche. Le soleil était déjà très chaud ; et, correctement habillé, en redingote noire et en chapeau de feutre, il s'abritait sous une ombrelle de touriste, à doublure verte.

– Est-elle bonne ? demanda-t-il pour avoir l'air de s'intéresser au bain de sa femme.

– Très bonne ! répondit Estelle, en se remettant sur le ventre.

Jamais M. Chabre ne se baignait. Il avait une grande terreur de l'eau, qu'il dissimulait en disant que les médecins lui défendaient formellement les bains de mer.

Quand une vague, sur le sable, roulait jusqu'à ses semelles, il se reculait avec un tressaillement, comme devant une bête méchante montrant les dents. D'ailleurs, l'eau aurait dérangé sa correction habituelle, il la trouvait malpropre et inconvenante.

– Alors, elle est bonne ? répéta-t-il, étourdi par la chaleur, pris d'une somnolence inquiète sur ce bout de jetée.

Estelle ne répondit pas, battant l'eau de ses bras, nageant en chien. D'une hardiesse garçonnière, elle se baignait pendant des heures, ce qui consternait son mari, car il croyait décent de l'attendre sur le bord. À Piriac, Estelle avait trouvé le bain qu'elle aimait. Elle dédaignait la plage en pente, qu'il faut descendre longtemps, avant d'enfoncer jusqu'à la ceinture. Elle se rendait à l'extrémité de la jetée, enveloppée dans son peignoir de molleton blanc, le laissait glisser de ses épaules et piquait tranquillement une tête. Il lui fallait six mètres de fond, disait-elle, pour ne pas se cogner aux rochers. Son costume de bain sans jupe, fait d'une seule pièce dessinait sa haute taille ; et la longue ceinture bleue qui lui ceignait les reins, la cambrait les hanches balancées d'un mouvement rythmique. Dans l'eau claire, les cheveux emprisonnés sous un bonnet de caoutchouc, d'où s'échappaient des mèches folles, elle avait la souplesse d'un poisson bleuâtre, à tête de femme, inquiétante et rose.

M. Chabre était là depuis un quart d'heure, sous le soleil ardent. Trois fois déjà, il avait consulté sa montre. Il finit par se hasarder à dire timidement :

– Tu restes bien longtemps, ma bonne... Tu devrais sortir, les bains si longs te fatiguent.

– Mais j'entre à peine ! cria la jeune femme. On est comme dans du lait.

Puis, se remettant sur le dos :

– Si tu t'ennuies, tu peux t'en aller... Je n'ai pas besoin de toi.

Il protesta de la tête, il déclara qu'un malheur était si vite arrivé ! Et Estelle souriait, en songeant de quel beau secours lui serait son mari, si elle était prise d'une crampe. Mais, brusquement, elle regarda de l'autre côté de la jetée, dans la baie qui se creuse à gauche du village.

– Tiens ! dit-elle, qu'est-ce qu'il y a donc là-bas ? Je vais voir.

Et elle fila rapidement, par brassées longues et régulières.

– Estelle ! Estelle ! criait M. Chabre. Veux-tu bien ne pas t'éloigner... ! Tu sais que je déteste les imprudences.

Mais Estelle ne l'écoutait pas, il dut se résigner. Debout, se haussant pour suivre la tache blanche que le chapeau de paille de sa femme faisait sur l'eau, il se contenta de changer de main son ombrelle, sous laquelle l'air surchauffé le suffoquait de plus en plus.

– Qu'a-t-elle donc vu ? murmurait-il. Ah ! oui, cette chose qui flotte là-bas... Quelque saleté. Un paquet d'algues, bien sûr. Ou un baril... Tiens ! non, ça bouge.

Et, tout d'un coup, il reconnut l'objet.

– Mais c'est un monsieur qui nage !

Estelle, cependant, après quelques brassées, avait aussi parfaitement reconnu que c'était un monsieur. Alors, elle cessa de nager droit à lui, ce qu'elle sentait peu convenable. Mais, par coquetterie, heureuse de montrer sa hardiesse, elle ne revint pas à la jetée, elle continua de se diriger vers la pleine mer. Elle avançait paisiblement, sans paraître apercevoir le nageur. Celui-ci, comme si un courant l'avait porté, obliquait peu à peu vers elle. Puis, quand elle se tourna pour revenir à la jetée, il y eut une rencontre qui parut toute fortuite.

– Madame, votre santé est bonne ? demanda poliment le monsieur.

– Tiens, c'est vous ! monsieur ! dit gaîment Estelle.

Et elle ajouta un léger rire :

– Comme on se retrouve tout de même !

C'était le jeune Hector de Plougastel. Il restait très timide, très fort et très rose dans l'eau. Un instant, ils nagèrent sans parler, à une distance décente. Ils étaient obligés de hausser la voix pour s'entendre. Pourtant, Estelle crut devoir se montrer polie.

– Nous vous remercions de nous avoir indiqué Piriac... Mon mari est enchanté.

– C'est votre mari, n'est-ce pas, ce monsieur tout seul qui est là-bas sur la jetée ? demanda Hector.

– Oui, monsieur, répondit-elle.

Et ils se turent de nouveau. Ils regardaient le mari, grand comme un insecte noir, au-dessus de la mer. M. Chabre, très intrigué, se haussait davantage, en se demandant quelle connaissance sa femme avait bien pu rencontrer en plein Océan. C'était indubitable, sa femme causait avec le monsieur. Il les voyait tourner la tête l'un vers l'autre. Ce devait être un de leurs amis de Paris. Mais il avait beau chercher il ne trouvait personne dans leurs relations qui aurait osé s'aventurer ainsi. Et il attendait, en imprimant à son ombrelle un mouvement de toupie, pour se distraire.

– Oui, expliquait Hector à la belle Mme Chabre, je suis venu passer quelques jours chez mon oncle, dont vous apercevez là-bas le château, à mi-côte. Alors, tous les jours, pour prendre mon bain, je pars de cette pointe, en face de la terrasse, et je vais jusqu'à la jetée. Puis, je retourne. En tout, deux kilomètres. C'est un exercice excellent... Mais vous, madame, vous êtes très brave. Je n'ai jamais vu une dame aussi brave.

– Oh! dit Estelle, toute petite j'ai pataugé... L'eau me connaît bien. Nous sommes de vieilles amies.

Peu à peu, ils se rapprochaient, pour ne pas avoir à crier si fort. La mer, par cette chaude matinée, dormait, pareille à un vaste pan de moire. Des plaques de satin s'étendaient, puis des bandes qui ressemblaient à une étoffe plissée, s'allongeaient, s'agrandissaient, portant au loin le léger frisson des courants. Quand ils furent près l'un de l'autre, la conversation devint plus intime.

L'admirable journée! Et Hector indiquait à Estelle plusieurs points des côtes. Là, ce village, à un kilomètre de Piriac, c'était Port-aux-Loups; en face, se trouvait le Morbihan, dont les falaises blanches se détachaient avec la netteté d'une touche d'aquarelle; enfin, de l'autre côté, vers la pleine mer, l'île Dumet faisait une tache grise, au milieu de l'eau bleue. Estelle, à chaque indication, suivait le doigt d'Hector, s'arrêtait un instant pour regarder. Et cela l'amusait de voir ces côtes lointaines, les yeux au ras de l'eau, dans un infini limpide. Quand elle se tournait vers le soleil, c'était un éblouissement, la mer semblait se changer en un Sahara sans bornes, avec la réverbération aveuglante de l'astre sur l'immensité décolorée des sables...

– Comme c'est beau! murmurait-elle, comme c'est beau!

Elle se mit sur le dos pour se reposer. Elle ne bougeait plus, les mains en croix, la tête rejetée en arrière, s'abandonnant. Et ses jambes blanches, ses bras blancs flottaient.

– Alors, vous êtes né à Guérande, monsieur? demanda-t-elle.

Afin de causer plus commodément, Hector se mit également sur le dos.

– Oui, madame, répondit-il. Je ne suis jamais allé qu'une fois à Nantes.

Il donna des détails sur son éducation. Il avait grandi auprès de sa mère, qui était d'une dévotion étroite, et qui gardait intactes les traditions de l'ancienne noblesse. Son précepteur, un prêtre, lui avait appris à peu près ce qu'on apprend dans les collèges, en y ajoutant beaucoup de caté-chisme et de blason. Il montait à cheval, tirait l'épée, était rompu aux exercices du corps. Et, avec cela, il semblait avoir une innocence de vierge, car il communiait tous les huit jours, ne lisait jamais de romans, et devait épouser à sa majorité une cousine à lui, qui était laide.

– Comment ! vous avez vingt ans à peine ! s'écria Estelle, en jetant un coup d'œil étonné sur ce colosse enfant.

Elle devint maternelle. Cette fleur de la forte race bretonne l'intéressait. Mais, comme ils restaient tous deux sur le dos, les yeux perdus dans la transparence du ciel, ne s'inquiétant plus autrement de la terre, ils furent poussés si près l'un de l'autre, qu'il la heurta légèrement.

– Oh ! pardon ! dit-il.

Il plongea, reparut quatre mètres plus loin. Elle s'était remise à nager et riait beaucoup.

– C'est un abordage, criait-elle.

Lui, était très rouge. Il se rapprochait, en la regardant sournoisement. Elle lui semblait délicieuse, sous son chapeau de paille rabattu. On ne voyait que son visage, dont le menton à fossette trempait dans l'eau. Quelques gouttes tombant des mèches blondes échappées du bonnet mettaient des perles dans le duvet des joues. Et rien n'était exquis comme ce sourire, cette tête de jolie femme qui s'avançait à petit bruit, en ne laissant derrière elle qu'un filet d'argent.

Hector devint plus rouge encore, lorsqu'il s'aperçut qu'Estelle se savait regardée et s'égayait de la singulière figure qu'il devait faire.

– Monsieur votre mari paraît s'impatienter, dit-il pour renouer la conversation.

– Oh ! non, répondit-elle tranquillement, il a l'habitude de m'attendre, quand je prends mon bain.

À la vérité, M. Chabre s'agitait. Il faisait quatre pas en avant, revenait, puis repartait, en imprimant à son ombrelle un mouvement de rotation plus vif, dans l'espoir de se donner de l'air. La conversation de sa femme avec le nageur inconnu commençait à le surprendre.

Estelle songea tout à coup qu'il n'avait peut-être pas reconnu Hector.

– Je vais lui crier que c'est vous, dit-elle.

Et, lorsqu'elle put être entendue de la jetée, elle haussa la voix.

– Tu sais, mon ami, c'est ce monsieur de Guérande qui a été si aimable.

– Ah! très bien, très bien, cria à son tour M. Chabre.

Il ôta son chapeau et salua.

– L'eau est bonne, monsieur? demanda-t-il avec politesse.

– Très bonne, monsieur, répondit Hector.

Le bain continua sous les yeux du mari, qui n'osait plus se plaindre, bien que ses pieds fussent cuits par les pierres brûlantes. Au bout de la jetée, la mer était d'une transparence admirable. On apercevait nettement le fond, à quatre ou cinq mètres, avec son sable fin, ses quelques galets mettant une tache noire ou blanche, ses herbes minces, debout, balançant leurs longs cheveux. Et ce fond limpide amusait beaucoup Estelle. Elle nageait doucement, pour ne pas trop agiter la surface; puis, penchée, avec de l'eau jusqu'au nez, elle regardait sous elle se dérouler le sable et les galets, dans la mystérieuse et vague profondeur. Les herbes surtout lui donnaient un léger frisson, lorsqu'elle passait au-dessus d'elles. C'étaient des nappes verdâtres, comme vivantes, remuant des feuilles découpées et pareilles à un fourmillement de pattes de crabes, les unes courtes, ramassées, tapies entre deux roches, les autres dégingandées, allongées et souples ainsi que des serpents. Elle jetait de petits cris, annonçant ses découvertes.

– Oh! cette grosse pierre! on dirait qu'elle bouge... Oh! cet arbre, un vrai arbre, avec des branches!... Oh! ça, c'est un poisson! Il file raide.

Puis, tout d'un coup, elle se récria.

– Qu'est-ce que c'est donc? un bouquet de mariée!... Comment! il y a des bouquets de mariée dans la mer?... Voyez, si on ne dirait pas des fleurs blanches. C'est très joli, très joli...

106

Aussitôt Hector plongea. Et il reparut, tenant une poignée d'herbes blanchâtres, qui tombèrent et se fanèrent en
sortant de l'eau.

– Je vous remercie bien, dit Estelle. Il ne fallait pas vous
donner la peine… Tiens ! mon ami, garde-moi ça.

Et elle jeta la poignée d'herbes aux pieds de M. Chabre.
Pendant un instant encore, la jeune femme et le jeune
homme nagèrent. Ils faisaient une écume bouillonnante,
avançaient par brassées saccadées. Puis, tout d'un coup,
leur nage semblait s'endormir, ils glissaient avec lenteur, en
élargissant seulement autour d'eux des cercles qui oscil-
laient et se mouraient. C'était comme une intimité discrète
et sensuelle, de se rouler ainsi dans le même flot. Hector, à
mesure que l'eau se refermait sur le corps fuyant d'Estelle,
cherchait à se glisser dans le sillage qu'elle laissait, à
retrouver la place et la tiédeur de ses membres. Autour
d'eux, la mer s'était calmée encore, d'un bleu dont la pâleur
tournait au rose.

– Ma bonne, tu vas prendre froid, murmura M. Chabre
qui suait à grosses gouttes.

– Je sors, mon ami, répondit-elle.

Elle sortit en effet, remonta vivement à l'aide d'une
chaîne, le long du talus oblique de la jetée. Hector devait
guetter sa sortie. Mais, quand il leva la tête au bruit de
pluie qu'elle faisait, elle était déjà sur la plateforme, enveloppée dans son peignoir. Il eut une figure si surprise et si
contrariée, qu'elle sourit, en grelottant un peu ; et elle gre-
lottait, parce qu'elle se savait charmante, agitée ainsi d'un
frisson, grande, détachant sa silhouette drapée sur le ciel.

Le jeune homme dut prendre congé.

– Au plaisir de vous revoir, monsieur, dit le mari.

Et, pendant qu'Estelle, en courant sur les dalles de la
jetée, suivait au-dessus de l'eau la tête d'Hector qui retra-
versait la baie, M. Chabre venait derrière elle, gravement,
tenant à la main l'herbe marine cueillie par le jeune
homme, le bras tendu pour ne pas mouiller sa redingote.

3

Les Chabre avaient loué à Piriac le premier étage d'une grande maison, dont les fenêtres donnaient sur la mer. Comme on ne trouvait dans le village que des cabarets borgnes, ils avaient dû prendre une femme du pays, qui leur faisait la cuisine. Une étrange cuisine par exemple, des rôtis réduits en charbon, et des sauces de couleur inquiétante, devant lesquelles Estelle préférait manger du pain. Mais, comme le disait M. Chabre, on n'était pas venu pour la gourmandise. Lui, d'ailleurs, ne touchait guère aux rôtis ni aux sauces. Il se bourrait de coquillages, matin et soir, avec une conviction d'homme qui s'administre une médecine. Le pis était qu'il détestait ces bêtes inconnues, aux formes bizarres, élevé dans une cuisine bourgeoise, fade et lavée, ayant un goût d'enfant pour les sucreries. Les coquillages lui emportaient la bouche, salés, poivrés, des saveurs si imprévues et si fortes, qu'il ne pouvait dissimuler une grimace en les avalant ; mais il aurait avalé les coquilles, s'il l'avait fallu, tant il s'entêtait dans son désir d'être père.

– Ma bonne, tu n'en manges pas ! criait-il souvent à Estelle.

Il exigeait qu'elle en mangeât autant que lui. C'était nécessaire pour le résultat, disait-il. Et des discussions s'engageaient. Estelle prétendait que le docteur Guiraud n'avait pas parlé d'elle. Mais lui, répondait qu'il était logique de se soumettre l'un et l'autre au traitement. Alors, la jeune femme pinçait les lèvres, jetait de clairs regards sur l'obésité blême de son mari. Un irrésistible sourire creusait légèrement la fossette de son menton. Elle n'ajoutait rien, n'aimant à blesser personne. Même ayant découvert un parc d'huîtres, elle avait fini par en manger une douzaine à chacun de ses repas. Ce n'était point que, personnellement, elle eût besoin d'huîtres, mais elle les adorait.

La vie, à Piriac, était d'une monotonie ensommeillée. Il y avait seulement trois familles de baigneurs, un épicier en gros de Nantes, un ancien notaire de Guérande, homme sourd et naïf, un ménage d'Angers qui pêchait toute la journée, avec de l'eau jusqu'à la ceinture. Ce petit monde faisait peu de bruit. On se saluait, quand on se rencontrait, et les relations n'allaient pas plus loin. Sur le quai désert, la grosse émotion était de voir de loin en loin deux chiens se battre.

Estelle, habituée au vacarme de Paris, se serait ennuyée mortellement, si Hector n'avait fini par leur rendre visite tous les jours. Il devint le grand ami de M. Chabre, à la suite d'une promenade qu'ils firent ensemble sur la côte. M. Chabre, dans un moment d'expansion, confia au jeune homme le motif de leur voyage, tout en choisissant les termes les plus chastes pour ne pas offenser la pureté de ce grand garçon. Lorsqu'il eut expliqué scientifiquement pourquoi il mangeait tant de coquillages, Hector, stupéfié, oubliant de rougir, le regarda de la tête aux pieds, sans songer à cacher sa surprise qu'un homme pût avoir besoin de se mettre à un tel régime. Cependant, le lendemain, il s'était présenté avec un petit panier plein de clovisses, que l'ancien marchand de grains avait accepté d'un air de reconnaissance. Et, depuis ce jour, très habile à toutes les pêches, connaissant chaque roche de la baie, il ne venait plus sans apporter des coquillages. Il lui fit manger des moules superbes qu'il allait ramasser à mer basse, des oursins qu'il ouvrait et nettoyait en se piquant les doigts, des arapèdes qu'il détachait des rochers avec la pointe d'un couteau, toutes sortes de bêtes qu'il appelait de noms barbares, et auxquelles il n'avait jamais goûté lui-même. M. Chabre, enchanté, n'ayant plus à débourser un sou, se confondait en remerciements.

Maintenant, Hector trouvait toujours un prétexte pour entrer. Chaque fois qu'il arrivait avec son petit panier, et qu'il rencontrait Estelle, il disait la même phrase :

– J'apporte des coquillages pour M. Chabre.

Et tous deux souriaient, les yeux rapetissés et luisants. Les coquillages de M. Chabre les amusaient.

Dès lors, Estelle trouva Piriac charmant. Chaque jour, après le bain, elle faisait une promenade avec Hector. Son mari les suivait à distance, car ses jambes étaient lourdes, et ils allaient souvent trop vite pour lui. Hector montrait à la jeune femme les anciennes splendeurs de Piriac, des restes de sculptures, des portes et des fenêtres à rinceaux, très délicatement travaillées. Aujourd'hui, la ville de jadis est un village perdu, aux rues barrées de fumier, étranglées entre des masures noires. Mais la solitude y est si douce, qu'Estelle enjambait les coulées d'ordure, intéressée par le moindre bout de muraille, jetant des coups d'œil surpris dans les intérieurs des habitants, où tout un bric-à-brac de misère traînait sur la terre battue. Hector l'arrêtait devant les figuiers superbes, aux larges feuilles de cuir velu, dont les jardins sont plantés, et qui allongent leurs branches par-dessus les clôtures basses. Ils entraient dans les ruelles les plus étroites, ils se penchaient sur les margelles des puits, au fond desquels ils apercevaient leurs images souriantes, dans l'eau claire, blanche comme une glace ; tandis que, derrière eux, M. Chabre digérait ses coquillages, abrité sous la percaline verte de son ombrelle, qu'il ne quittait jamais.

Une des grandes gaîtés d'Estelle était les oies et les cochons, qui se promenaient en bandes, librement. Dans les premiers temps, elle avait eu très peur des cochons, dont les allures brusques, les masses de graisse roulant sur des pattes minces, lui donnaient la continuelle inquiétude d'être heurtée et renversée ; ils étaient aussi bien sales, le ventre noir de boue, le groin barbouillé, ronflant à terre. Mais Hector lui avait juré que les cochons étaient les meilleurs enfants du monde. Et, maintenant, elle s'amusait de leurs courses inquiètes à l'heure de la pâtée, elle s'émerveillait de leur robe de soie rose, d'une fraîcheur de robe de bal, quand il avait plu. Les oies aussi l'occupaient. Dans un trou à fumier, au bout d'une ruelle, souvent deux bandes d'oies arrivaient, chacune de son côté. Elles semblaient se saluer d'un claquement de bec, se mêlaient, happaient ensemble des épluchures de légumes. Une, en l'air, au sommet du tas, l'œil rond, le cou raidi, comme calée sur ses pattes et gonflant le duvet blanc de sa panse, avait une majesté tranquille de souverain, au grand nez jaune ; tandis que les autres, le cou plié, cherchaient à terre, avec une musique rauque. Puis, brusquement, la grande oie descendait en jetant un cri ; et les oies de sa bande la suivaient, tous les cous allongés du même côté, filant en mesure dans un déhanchement d'animaux infirmes. Si un chien passait, les cous se tendaient davantage et sifflaient. Alors, la jeune femme battait des mains, suivait le défilé majestueux des deux sociétés qui rentraient chez elles, en personnes graves appelées par des affaires importantes. Un des amusements était encore de voir se baigner les cochons et les oies, qui descendaient l'après-midi sur la plage prendre leur bain, comme des hommes.

Le premier dimanche, Estelle crut devoir aller à la messe. Elle ne pratiquait pas, à Paris. Mais, à la campagne, la messe était une distraction, une occasion de s'habiller et de voir du monde. D'ailleurs, elle y retrouva Hector lisant dans un énorme paroissien à reliure usée. Par-dessus le livre, il ne cessa de la regarder, les lèvres sérieuses, mais les yeux si luisants, qu'on y devinait des sourires. À la sortie, il lui offrit le bras, pour traverser le petit cimetière qui entoure l'église. Et, l'après-midi, après les vêpres, il y eut un autre spectacle, une procession à un calvaire planté au bout du village. Un paysan marchait le premier, tenant une bannière de soie violette brochée d'or, à hampe rouge. Puis, deux longues files de femmes s'espaçaient largement. Les prêtres venaient au milieu, un curé, un vicaire et le précepteur d'un château voisin, chantant à pleine voix. Enfin, derrière, à la suite d'une bannière blanche portée par une grosse fille aux bras hâlés, piétinait la queue des fidèles qui se traînait avec un fort bruit de sabots, pareille à un troupeau débandé. Quand la procession passa sur le port, les bannières et les coiffes blanches des femmes se détachèrent au loin sur le bleu ardent de la mer ; et ce lent cortège dans le soleil prit une grande pureté.

Le cimetière attendrissait beaucoup Estelle. Elle n'aimait pas les choses tristes, d'habitude. Le jour de son arrivée, elle avait eu un frisson, en apercevant toutes ces tombes, qui se trouvaient sous sa fenêtre. L'église était sur le port, entourée des croix, dont les bras se tendaient vers l'immensité des eaux et du ciel ; et, les nuits de vent, les souffles du large pleuraient dans cette forêt de planches noires. Mais elle s'était vite habituée à ce deuil, tant le petit cimetière avait une douceur gaie. Les morts semblaient y sourire, au milieu des vivants qui les coudoyaient. Comme le cimetière était clos d'un mur bas, à hauteur d'appui, et qu'il bouchait le passage au centre même de Piriac, les gens ne se gênaient point pour enjamber le mur et suivre les allées, à peine tracées dans les hautes herbes. Les enfants jouaient là, une débandade d'enfants lâchés au travers des dalles de granit. Des chats blottis sous des arbustes bondissaient brusquement, se poursuivaient ; souvent, on y entendait des miaulements de chattes amoureuses, dont on voyait les silhouettes hérissées et les grandes queues balayant l'air. C'était un coin délicieux, envahi par les végétations folles, planté de fenouils gigantesques, aux larges ombelles jaunes, d'une odeur si pénétrante, qu'après les journées chaudes, des souffles d'anis, venus des tombes, embaumaient Piriac tout entier. Et, la nuit, quel champ tranquille et tendre ! La paix du village endormi semblait sortir du cimetière. L'ombre effaçait les croix, des promeneurs attardés s'asseyaient sur des bancs de granit, contre le mur, pendant que la mer, en face, roulait ses vagues, dont la brise apportait la poussière salée.

Estelle, un soir qu'elle rentrait au bras d'Hector, eut l'envie de traverser le champ désert. M. Chabre trouva l'idée romanesque et protesta en suivant le quai. Elle dut quitter le bras du jeune homme, tant l'allée était étroite. Au milieu des hautes herbes, sa jupe faisait un long bruit. L'odeur des fenouils était si forte, que les chattes amoureuses ne se sauvaient point, pâmées sous les verdures. Comme ils entraient dans l'ombre de l'église, elle sentit à sa taille la main d'Hector. Elle eut peur et jeta un cri.

– C'est bête ! dit-elle, quand ils sortirent de l'ombre, j'ai cru qu'un revenant m'emportait.

Hector se mit à rire et donna une explication.

– Oh ! une branche, quelque fenouil qui a fouetté vos jupes !

Ils s'arrêtèrent, regardèrent les croix autour d'eux, ce profond calme de la mort qui les attendrissait ; et, sans ajouter un mot, ils s'en allèrent, très troublés.

– Tu as eu peur, je t'ai entendue, dit M. Chabre. C'est bien fait !

À la mer haute, par distraction, on allait voir arriver les bateaux de sardines. Lorsqu'une voile se dirigeait vers le port, Hector la signalait au ménage. Mais le mari, dès le sixième bateau, avait déclaré que c'était toujours la même chose. Estelle, au contraire, ne paraissait pas se lasser, trouvait un plaisir de plus en plus vif à se rendre sur la jetée. Il fallait courir souvent. Elle sautait sur les grosses pierres descellées, laissait voler ses jupes qu'elle empoignait d'une main, afin de ne pas tomber. Elle étouffait, en arrivant, les mains à son corsage, renversée en arrière pour reprendre haleine. Et Hector la trouvait adorable ainsi, décoiffée, l'air hardi, avec son allure garçonnière. Cependant, le bateau était amarré, les pêcheurs montaient les paniers de sardines, qui avaient des reflets d'argent au soleil, des bleus et des roses de saphir et de rubis pâles. Alors, le jeune homme fournissait toujours les mêmes explications : chaque panier contenait mille sardines, le mille valait un prix fixé chaque matin selon l'abondance de la pêche, les pêcheurs partageaient le produit de la vente, après avoir abandonné un tiers pour le propriétaire du bateau. Et il y avait encore la salaison qui se faisait tout de suite, dans des caisses de bois percées de trous, pour laisser l'eau de la saumure s'égoutter. Cependant, peu à peu, Estelle et son compagnon négligèrent les sardines. Ils allaient encore les voir, mais ils ne les regardaient plus. Ils partaient en courant, revenaient avec une lenteur lasse, en contemplant silencieusement la mer.

— Est-ce que la sardine est belle ? leur demandait chaque fois M. Chabre, au retour.

— Oui, très belle, répondaient-ils.

Enfin, le dimanche soir, on avait à Piriac le spectacle d'un bal en plein air. Les gars et les filles du pays, les mains nouées, tournaient pendant des heures, en répétant le même vers, sur le même ton sourd et fortement rythmé. Ces grosses voix, ronflant au fond du crépuscule, prenaient à la longue un charme barbare. Estelle, assise sur la plage, ayant à ses pieds Hector, écoutait, se perdait bientôt dans une rêverie, la mer montait, avec un large bruit de caresse. On aurait dit une voix de passion, quand la vague battait le sable ; puis, cette voix s'apaisait tout d'un coup, et le cri se mourait avec l'eau qui se retirait, dans un murmure plaintif d'amour dompté. La jeune femme rêvait d'être aimée ainsi, par un géant dont elle aurait fait un petit garçon.

– Tu dois t'ennuyer à Piriac, ma bonne, demandait parfois M. Chabre à sa femme.

Et elle se hâtait de répondre :

– Mais non, mon ami, je t'assure.

Elle s'amusait, dans ce trou perdu. Les oies, les cochons, les sardines, prenaient une importance extrême. Le petit cimetière était très gai. Cette vie endormie, cette solitude peuplée seulement de l'épicier de Nantes et du notaire sourd de Guérande, lui semblait plus tumultueuse que l'existence bruyante des plages à la mode. Au bout de quinze jours, M. Chabre, qui s'ennuyait à mourir, voulut rentrer à Paris. L'effet des coquillages, disait-il, devait être produit. Mais elle se récria.

– Oh ! mon ami, tu n'en as pas mangé assez... Je sais bien, moi, qu'il t'en faut encore.

4

Un soir, Hector dit au ménage :

– Nous aurons demain une grande marée... On pourrait aller pêcher des crevettes.

La proposition parut ravir Estelle. Oui, oui, il fallait aller pêcher des crevettes ! Depuis longtemps, elle se promettait cette partie. M. Chabre éleva des objections. D'abord, on ne prenait jamais rien. Ensuite, il était plus simple d'acheter, pour une pièce de vingt sous, la pêche de quelque femme du pays, sans se mouiller jusqu'aux reins et s'écorcher les pieds. Mais il dut céder devant l'enthousiasme de sa femme. Et les préparatifs furent considérables.

Hector s'était chargé de fournir les filets. M. Chabre, malgré sa peur de l'eau froide, avait déclaré qu'il serait de la partie ; et, du moment qu'il consentait à pêcher, il entendait pêcher sérieusement. Le matin, il fit graisser une paire de bottes. Puis, il s'habilla entièrement de toile claire ; mais sa femme ne put obtenir qu'il négligeât son nœud de cravate, dont il étala les bouts, comme s'il se rendait à un mariage. Ce nœud était sa protestation d'homme comme il faut contre le débraillé de l'Océan. Quant à Estelle, elle mit simplement son costume de bain, par-dessus lequel elle passa une camisole. Hector, lui aussi, était en costume de bain.

Tous trois partirent vers deux heures. Chacun portait son filet sur l'épaule. On avait une demi-lieue à marcher au milieu des sables et des varechs, pour se rendre à une roche où Hector disait connaître de véritables bancs de crevettes. Il conduisit le ménage, tranquille, traversant les flaques, allant droit devant lui sans s'inquiéter des hasards du chemin. Estelle le suivait gaillardement, heureuse de la fraîcheur de ces terrains mouillés, dans lesquels ses petits pieds pataugeaient. M. Chabre, qui venait le dernier, ne voyait pas la nécessité de tremper ses bottes, avant d'être arrivé sur le lieu de la pêche. Il faisait avec conscience le tour des mares, sautait les ruisseaux que les eaux descendantes se creusaient dans le sable, choisissait les endroits secs, avec cette allure prudente et balancée d'un Parisien qui chercherait la pointe des pavés de la rue Vivienne, un jour de boue. Il soufflait déjà, il demandait à chaque instant :

– C'est donc bien loin, monsieur Hector ?... Tenez ! pourquoi ne pêchons-nous pas là ? Je vois des crevettes, je vous assure... D'ailleurs, il y en a partout dans la mer, n'est-ce pas ? et je parie qu'il suffit de pousser son filet.

– Poussez, poussez, monsieur Chabre, répondait Hector.

Et M. Chabre, pour respirer, donnait un coup de filet dans une mare grande comme la main. Il ne prenait rien, pas même une herbe, tant le trou d'eau était vide et clair. Alors, il se remettait en marche d'un air digne, les lèvres pincées. Mais, comme il perdait du chemin à vouloir prouver qu'il devait y avoir des crevettes partout, il finissait par se trouver considérablement en arrière.

La mer baissait toujours, se reculait à plus d'un kilomètre des côtes. Le fond de galets et de roches se vidait, étalant à perte de vue un désert mouillé, raboteux, d'une grandeur triste, pareil à un large pays plat qu'un orage aurait dévasté. On ne voyait, au loin, que la ligne verte de la mer, s'abaissant encore, comme si la terre l'avait bue ; tandis que des rochers noirs, en longues bandes étroites, surgissaient, allongeaient lentement des promontoires dans l'eau morte. Estelle, debout, regardait cette immensité nue.

– Que c'est grand ! murmura-t-elle.

Hector lui désignait du doigt certains rochers, des blocs verdis, formant des parquets usés par la houle.

– Celui-ci, expliquait-il, ne se découvre que deux fois chaque mois. On va y chercher des moules... Apercevez-vous là-bas cette tache brune ? Ce sont les « Vaches-Rousses », le meilleur endroit pour les homards. On les voit seulement aux deux grandes marées de l'année... Mais dépêchons-nous. Nous allons à ces roches dont la pointe commence à se montrer.

Lorsqu'Estelle entra dans la mer, ce fut une joie. Elle levait les pieds très haut, les tapait fortement, en riant du rejaillissement de l'écume. Puis, quand elle eut de l'eau jusqu'aux genoux, il lui fallut lutter contre le flot ; et cela l'égayait de marcher vite, de sentir cette résistance, ce glissement rude et continu qui fouettait ses jambes.

– N'ayez pas peur, disait Hector, vous allez avoir de l'eau jusqu'à la ceinture, mais le fond remonte ensuite... Nous arrivons.

Peu à peu, ils remontèrent en effet. Ils avaient traversé un petit bras de mer, et se trouvaient maintenant sur une large plaque de rochers que le flot découvrait. Lorsque la jeune femme se retourna, elle poussa un léger cri, tant elle était loin du bord. Piriac, tout là-bas, au ras de la côte, alignait les quelques taches de ses maisons blanches et la tour carrée de son église, garnie de volets verts. Jamais elle n'avait vu une pareille étendue, rayée sous le grand soleil par l'or des sables, la verdure sombre des algues, les tons mouillés et éclatants des roches. C'était comme la fin de la terre, les champs de ruines où le néant commençait.

Estelle et Hector s'apprêtaient à donner leur premier coup de filet, quand une voix lamentable se fit entendre. M. Chabre, planté au milieu du petit bras de mer, demandait son chemin.

– Par où passe-t-on ? criait-il. Dites, est-ce tout droit ?

L'eau lui montait à la ceinture, il n'osait hasarder un pas, terrifié par la pensée qu'il pouvait tomber dans un trou et disparaître.

– À gauche ! lui cria Hector.

Il avança à gauche ; mais, comme il enfonçait toujours, il s'arrêta de nouveau, saisi, n'ayant même plus le courage de retourner en arrière. Il se lamentait.

– Venez me donner la main. Je vous assure qu'il y a des trous. Je les sens.

– À droite ! monsieur Chabre, à droite ! cria Hector.

Et le pauvre homme était si drôle, au milieu de l'eau, avec son filet sur l'épaule et son beau nœud de cravate, qu'Estelle et Hector ne purent retenir un léger rire. Enfin, il se tira d'affaire. Mais il arriva très ému, et il dit d'un air furieux :

– Je ne sais pas nager, moi !

Ce qui l'inquiétait maintenant, c'était le retour. Quand le jeune homme lui eut expliqué qu'il ne fallait pas se laisser prendre sur le rocher par la marée montante, il redevint anxieux.

– Vous me préviendrez, n'est-ce pas ?

– N'ayez pas peur, je réponds de vous.

Alors, ils se mirent tous les trois à pêcher. De leurs filets étroits, ils fouillaient les trous. Estelle y apportait une passion de femme. Ce fut elle qui prit les premières crevettes, trois grosses crevettes rouges, qui sautaient violemment au fond du filet. Avec de grands cris, elle appela Hector pour qu'il l'aidât, car ces bêtes si vives l'inquiétaient ; mais, quand elle vit qu'elles ne bougeaient plus, dès qu'on les tenait par la tête, elle s'aguerrit, les glissa très bien elle-même dans le petit panier qu'elle portait en bandoulière. Parfois, elle amenait tout un paquet d'herbes, et il lui fallait fouiller là-dedans, lorsqu'un bruit sec, un petit bruit d'ailes, l'avertissait qu'il y avait des crevettes au fond. Elle triait les herbes délicatement, les rejetant par minces pincées, peu rassurée devant cet enchevêtrement d'étranges feuilles, gluantes et molles comme des poissons morts. De temps à autre, elle regardait dans son panier, impatiente de le voir se remplir.

– C'est particulier, répétait M. Chabre, je n'en pêche pas une.

Comme il n'osait se hasarder entre les fentes des rochers, très gêné d'ailleurs par ses grandes bottes qui s'étaient remplies d'eau, il poussait son filet sur le sable et n'attrapait que des crabes, cinq, huit, dix crabes à la fois. Il en avait une peur affreuse, il se battait avec eux, pour les chasser de son filet. Par moments, il se retournait, regardait avec anxiété si la mer descendait toujours.

– Vous êtes sûr qu'elle descend ? demandait-il à Hector.

Celui-ci se contentait de hocher la tête. Lui, pêchait en gaillard qui connaissait les bons endroits. Aussi, à chaque coup, amenait-il des poignées de crevettes. Quand il levait son filet à côté d'Estelle, il mettait sa pêche dans le panier de la jeune femme. Et elle riait, clignant les yeux du côté de son mari, posant un doigt sur ses lèvres. Elle était charmante, courbée sur le long manche de bois ou bien penchant sa tête blonde au-dessus du filet, tout allumée de la curiosité de savoir ce qu'elle avait pris. Une brise soufflait, l'eau qui s'égouttait des mailles s'en allait en pluie, la mettait dans une rosée, tandis que son costume, s'envolant et plaquant sur elle, dessinait l'élégance de son fin profil.

Depuis près de deux heures, ils pêchaient ainsi, lorsqu'elle s'arrêta pour respirer un instant, essoufflée, ses petits cheveux fauves trempés de sueur. Autour d'elle, le désert restait immense, d'une paix souveraine ; seule, la mer prenait un frisson, avec une voix murmurante qui s'enflait. Le ciel, embrasé par le soleil de quatre heures, était d'un bleu pâle, presque gris ; et, malgré ce ton décoloré de fournaise, la chaleur ne se sentait pas, une fraîcheur montait de l'eau, balayait et blanchissait la clarté crue. Mais ce qui amusa Estelle, ce fut de voir à l'horizon, sur tous les rochers, une multitude de points qui se détachaient en noir, très nettement. C'étaient, comme eux, des pêcheurs de crevettes, d'une finesse de silhouette incroyable, pas plus gros que des fourmis, ridicules de néant dans cette immensité, et dont on distinguait les moindres attitudes, la ligne arrondie du dos, quand ils poussaient leurs filets, ou les bras tendus et gesticulants, pareils à des pattes fiévreuses de mouche, lorsqu'ils triaient leur pêche, en se battant contre les herbes et les crabes.

– Je vous assure qu'elle monte ! cria M. Chabre avec angoisse. Tenez ! ce rocher tout à l'heure était découvert.

– Sans doute elle monte, finit par répondre Hector impatienté. C'est justement lorsqu'elle monte qu'on prend le plus de crevettes.

Mais M. Chabre perdait la tête. Dans son dernier coup de filet, il venait d'amener un poisson étrange, un diable de mer, qui le terrifiait, avec sa tête de monstre. Il en avait assez.

– Allons-nous-en ! allons-nous-en, répétait-il. C'est bête de faire des imprudences.

– Puisqu'on te dit que la pêche est meilleure quand la mer monte ! répondait sa femme.

– Et elle monte ferme ! ajoutait à demi-voix Hector, les yeux allumés d'une lueur de méchanceté.

En effet, les vagues s'allongeaient, mangeaient les rochers avec une clameur plus haute. Des flots brusques envahissaient d'un coup toute une langue de terre. C'était la mer conquérante, reprenant pied à pied le domaine qu'elle balayait de sa houle depuis des siècles. Estelle avait découvert une mare plantée de longues herbes, souples comme des cheveux, et elle y prenait des crevettes énormes, s'ouvrant un sillon, laissant derrière elle la trouée d'un faucheur. Elle se débattait, elle ne voulait pas qu'on l'arrachât de là.

– Tant pis ! je m'en vais ! s'écria M. Chabre, qui avait des larmes dans la voix. Il n'y a pas de bon sens, nous allons tous y rester.

Il partit le premier, sondant avec désespoir la profondeur des trous, à l'aide du manche de son filet. Quand il fut à deux ou trois cents pas, Hector décida enfin Estelle à le suivre.

– Nous allons avoir de l'eau jusqu'aux épaules, disait-il en souriant. Un vrai bain pour monsieur Chabre… Voyez déjà comme il enfonce !

Depuis le départ, le jeune homme avait la mine sournoise et préoccupée d'un amoureux qui s'est promis de lâcher une déclaration et qui n'en trouve pas le courage. En mettant des crevettes dans le panier d'Estelle, il avait bien tâché de rencontrer ses doigts. Mais, évidemment, il était furieux de son peu d'audace. Et M. Chabre se serait noyé, qu'il aurait trouvé cela charmant, car pour la première fois M. Chabre le gênait.

– Vous ne savez pas ? dit-il tout d'un coup, vous devriez monter sur mon dos, et je vous porterai… Autrement, vous allez être trempée… Hein ? montez donc !

Il lui tendait l'échine. Elle refusait, gênée et rougissante. Mais il la bouscula, en criant qu'il était responsable de sa santé. Et elle monta, elle posa les deux mains sur les épaules du jeune homme. Lui, solide comme un roc, redressant l'échine, semblait avoir un oiseau sur son cou. Il lui dit de bien se tenir, et s'avança à grandes enjambées dans l'eau.

– C'est à droite, n'est-ce pas ? monsieur Hector, criait la voix lamentable de M. Chabre, dont le flot battait déjà les reins.

– Oui, à droite, toujours à droite.

Alors, comme le mari tournait le dos, grelottant de peur en sentant la mer lui monter aux aisselles, Hector se risqua, baisa une des petites mains qu'il avait sur les épaules. Estelle voulut les retirer, mais il lui dit de ne pas bouger, ou qu'il ne répondait de rien. Et il se remit à couvrir les mains de baisers. Elles étaient fraîches et salées, il buvait sur elles les voluptés amères de l'océan.

– Je vous en prie, laissez-moi, répétait Estelle, en affectant un air courroucé. Vous abusez étrangement… Je saute dans l'eau, si vous recommencez.

Il recommençait et elle ne sautait pas. Il la serrait étroitement aux chevilles, il lui dévorait toujours les mains, sans dire une parole, guettant seulement ce qu'on voyait encore du dos de M. Chabre, un reste de dos tragique qui manquait de sombrer à chaque pas.

– Vous dites à droite ? implora le mari.

– À gauche, si vous voulez !

M. Chabre fit un pas à gauche et poussa un cri. Il venait de s'enfoncer jusqu'au cou, son nœud de cravate se noyait. Hector, tout à l'aise, lâcha son aveu.

– Je vous aime, madame…

– Taisez-vous, monsieur, je vous l'ordonne.

– Je vous aime, je vous adore… Jusqu'à présent, le respect m'a fermé la bouche…

Il ne la regardait pas, il continuait ses longues enjambées, avec de l'eau jusqu'à la poitrine. Elle ne put retenir un grand rire, tant la situation lui sembla drôle.

– Allons, taisez-vous, reprit-elle maternellement, en lui donnant une claque sur l'épaule. Soyez sage et ne versez pas surtout !

Cette claque remplit Hector d'enchantement : c'était signé. Et, comme le mari restait en détresse :

– Tout droit maintenant ! lui cria gaîment le jeune homme.

Quand ils furent arrivés sur la plage, M. Chabre voulut commencer une explication.

– J'ai failli y rester, ma parole d'honneur ! bégaya-t-il. Ce sont mes bottes...

Mais Estelle ouvrit son panier et le lui montra plein de crevettes.

– Comment ? tu as pêché tout ça ! s'écria-t-il stupéfait. Tu pêches joliment !

– Oh ! dit-elle, souriante, en regardant Hector, monsieur m'a montré.

5

Les Chabre ne devaient plus passer que deux jours à Piriac. Hector semblait consterné, furieux et humble pourtant. Quant à M. Chabre, il interrogeait sa santé chaque matin et se montrait perplexe.

– Vous ne pouvez pas quitter la côte sans avoir vu les rochers du Castelli, dit un soir Hector. Il faudrait organiser pour demain une promenade.

Et il donna des explications. Les rochers se trouvaient à un kilomètre seulement. Ils longeaient la mer sur une demi-lieue d'étendue, creusés de grottes, effondrés par les vagues. À l'entendre rien n'était plus sauvage.

– Eh bien ! nous irons demain, finit par dire Estelle. La route est-elle difficile ?

– Non, il y a deux ou trois passages où l'on se mouille les pieds, voilà tout.

Mais M. Chabre ne voulait plus même se mouiller les pieds. Depuis son bain de la pêche aux crevettes, il nourrissait contre la mer une rancune. Aussi se montra-t-il très hostile à ce projet de promenade. C'était ridicule d'aller se risquer ainsi ; lui, d'abord, ne descendrait pas au milieu de ces rochers, car il n'avait point envie de se casser les jambes, en sautant comme une chèvre ; il les accompagnerait par le haut de la falaise, s'il le fallait absolument ; et encore faisait-il là une grande concession.

Hector, pour le calmer, eut une inspiration soudaine.

– Écoutez, dit-il, vous passerez devant le sémaphore du Castelli. Eh bien ! vous pourrez entrer et acheter des coquillages aux hommes du télégraphe... Ils en ont toujours de superbes, qu'ils donnent presque pour rien.

– Ça, c'est une idée, reprit l'ancien marchand de grains, remis en belle humeur... J'emporterai un petit panier, je m'en bourrerai encore une fois.

Et, se tournant vers sa femme, avec une intention gaillarde :

– Dis, ce sera peut-être la bonne ?

Le lendemain, il fallut attendre la marée basse pour se mettre en marche. Puis, comme Estelle n'était pas prête, on s'attarda, on ne partit qu'à cinq heures du soir. Hector affirmait pourtant qu'on ne serait pas gagné par la haute mer. La jeune femme avait ses pieds nus dans des bottines de coutil. Elle portait gaillardement une robe de toile grise, très courte, qu'elle relevait et qui découvrait ses fines chevilles. Quant à M. Chabre, il était correctement en pantalon blanc et en paletot d'alpaga. Il avait pris son ombrelle et il tenait un petit panier, de l'air convaincu d'un bourgeois parisien allant faire lui-même son marché.

La route fut pénible pour arriver aux premières roches. On marchait sur une plage de sable mouvant, dans laquelle les pieds entraient. L'ancien marchand de grains soufflait comme un bœuf.

– Eh bien ! je vous laisse, je monte là-haut, dit-il enfin.

– C'est cela, prenez ce sentier, répondit Hector. Plus loin, vous seriez bloqué... Vous ne voulez pas qu'on vous aide ?

Et ils le regardèrent gagner le sommet de la falaise. Lorsqu'il y fut, il ouvrit son ombrelle et balança son panier, en criant :

– J'y suis, on est mieux là... Et pas d'imprudence, n'est-ce pas ? D'ailleurs, je vous surveille.

Hector et Estelle s'engagèrent au milieu des roches. Le jeune homme, chaussé de hautes bottines, marchait le premier, sautait de pierre en pierre avec la grâce forte et l'adresse d'un chasseur de montagnes. Estelle très hardie, choisissait les mêmes pierres ; et lorsqu'il se retournait, pour lui demander :

– Voulez-vous que je vous donne la main ?

– Mais non, répondait-elle. Vous me croyez donc une grand'mère !

Ils étaient alors sur un vaste parquet de granit, que la mer avait usé, en le creusant de sillons profonds. On aurait dit les arêtes de quelque monstre perçant le sable, mettant au ras du sol la carcasse de ses vertèbres disloquées. Dans les creux, des filets d'eau coulaient, des algues noires retombaient comme des chevelures. Tous deux continuaient à sauter, restant en équilibre par instants, éclatant de rire quand un caillou roulait.

– On est comme chez soi, répétait gaîment Estelle. On les mettrait dans son salon, vos rochers !

– Attendez, attendez ! disait Hector. Vous allez voir.

Ils arrivaient à un étroit passage, à une sorte de fente, qui bâillait entre deux énormes blocs. Là, dans une cuvette, il y avait une mare, un trou d'eau qui bouchait le chemin.

– Mais jamais je ne passerai ! s'écria la jeune femme.

Lui, proposa de la porter. Elle refusa d'un long signe de tête : elle ne voulait plus être portée. Alors, il chercha partout de grosses pierres, il essaya d'établir un pont. Les pierres glissaient, tombaient au fond de l'eau.

– Donnez-moi la main, je vais sauter, finit-elle par dire, prise d'impatience.

Et elle sauta trop court, un de ses pieds resta dans la mare. Cela les fit rire. Puis, comme ils sortaient de l'étroit passage, elle laissa échapper un cri d'admiration.

Une crique se creusait, emplie d'un écroulement gigantesque de roches. Des blocs énormes se tenaient debout, comme des sentinelles avancées, postées au milieu des vagues. Le long des falaises, les gros temps avaient mangé la terre, ne laissant que les masses dénudées du granit ; et c'étaient des baies enfoncées entre des promontoires, des détours brusques déroulant des salles intérieures, des bancs de marbre noirâtre allongés sur le sable, pareils à de grands poissons échoués. On aurait dit une ville cyclopéenne prise d'assaut et dévastée par la mer, avec ses remparts renversés, ses tours à demi démolies, ses édifices culbutés les uns sur les autres. Hector fit visiter à la jeune

femme les moindres recoins de cette ruine des tempêtes.
Elle marchait sur des sables fins et jaunes comme une
poudre d'or, sur des galets que des paillettes de mica allumaient au soleil, sur des éboulements de rocs où elle devait
par moments s'aider de ses deux mains, pour ne pas rouler
dans les trous. Elle passait sous des portiques naturels,
sous des arcs de triomphe qui affectaient le plein cintre de
l'art roman et l'ogive élancée de l'art gothique. Elle descendait dans des creux pleins de fraîcheur, au fond de déserts
de dix mètres carrés, amusée par les chardons bleuâtres et
les plantes grasses d'un vert sombre qui tachaient les
murailles grises des falaises, intéressée par des oiseaux de
mer familiers, de petits oiseaux bruns, volant à la portée de
sa main, avec un léger cri cadencé et continu. Et ce qui
l'émerveillait surtout, c'était, du milieu des roches, de se
retourner et de retrouver toujours la mer dont la ligne
bleue reparaissait et s'élargissait entre chaque bloc dans sa
grandeur tranquille.

– Ah ! vous voilà ! cria M. Chabre du haut de la falaise.
J'étais inquiet, je vous avais perdus... Dites donc, c'est
effrayant, ces gouffres !

Il était à six pas du bord, prudemment, abrité par son
ombrelle, son panier passé au bras. Il ajouta :

– Elle monte joliment vite, prenez garde !

– Nous avons le temps, n'ayez pas peur, répondit Hector.
Estelle, qui s'était assise, restait sans paroles devant
l'immense horizon. En face d'elle, trois piliers de granit,
arrondis par le flot, se dressaient, pareils aux colonnes
géantes d'un temple détruit. Et, derrière, la haute mer
s'étendait sous la lumière dorée de six heures, d'un bleu de
roi pailleté d'or. Une petite voile, très loin, entre deux des
piliers, mettait une tache d'un blanc éclatant, comme une
aile de mouette rasant l'eau. Du ciel pâle, la sérénité pro-
chaine du crépuscule tombait déjà. Jamais Estelle ne
s'était senti pénétrée d'une volupté si vaste et si tendre.

– Venez, lui dit doucement Hector, en la touchant de la
main.

Elle tressaillit, elle se leva, prise de langueur et d'abandon.

124

– C'est le sémaphore, n'est-ce pas, cette maisonnette avec ce mât ? cria M. Chabre. Je vais chercher des coquillages, je vous rattraperai.

Alors, Estelle, pour secouer la paresse molle dont elle était envahie, se mit à courir comme une enfant. Elle enjambait les flaques, elle s'avançait vers la mer, saisie du caprice de monter au sommet d'un entassement de rocs, qui devait former une île, à marée haute. Et, lorsque, après une ascension laborieuse au milieu des crevasses, elle atteignit le sommet, elle se hissa sur la pierre la plus élevée, elle fut heureuse de dominer la dévastation tragique de la côte. Son mince profil se détachait dans l'air pur, sa jupe claquait au vent ainsi qu'un drapeau.

Et, en redescendant, elle se pencha sur tous les trous qu'elle rencontra. C'étaient, dans les moindres cavités, de petits lacs tranquilles et dormants, des eaux d'une limpidité parfaite, dont les clairs miroirs réfléchissaient le ciel. Au fond, des herbes d'un vert d'émeraude plantaient des forêts romantiques. Seuls, de gros crabes noirs sautaient, pareils à des grenouilles, et disparaissaient, sans même troubler l'eau. La jeune femme restait rêveuse, comme si elle eût fouillé du regard des pays mystérieux, de vastes contrées inconnues et heureuses.

Quand ils furent revenus au pied des falaises, elle s'aperçut que son compagnon avait empli son mouchoir d'arapèdes.

– C'est pour monsieur Chabre, dit-il. Je vais les lui monter.

Justement, M. Chabre arrivait désolé.

– Ils n'ont pas seulement une moule au sémaphore, criat-il. Je ne voulais pas venir, j'avais raison.

Mais, lorsque le jeune homme lui eut montré de loin les arapèdes, il se calma. Et il resta stupéfié de l'agilité avec laquelle celui-ci grimpait, par un chemin connu de lui seul, le long d'une roche qui semblait lisse comme une muraille. La descente fut plus audacieuse encore.

– Ce n'est rien, disait Hector, un vrai escalier ; seulement, il faut savoir où sont les marches.

M. Chabre voulait qu'on retournât en arrière, la mer devenait inquiétante. Et il suppliait sa femme de remonter au moins, de chercher un petit chemin commode. Le jeune

homme riait, en répondant qu'il n'y avait point de chemin
pour les dames, qu'il fallait maintenant aller jusqu'au bout.
D'ailleurs, ils n'avaient pas vu les grottes. Alors, M. Chabre
dut se remettre à suivre la crête des falaises. Comme le
soleil se couchait, il ferma son ombrelle et s'en servit en
guise de canne. De l'autre main, il portait son panier d'arapèdes.

– Vous êtes lasse ? demanda doucement Hector.

– Oui, un peu, répondit Estelle.

Elle accepta son bras. Elle n'était point lasse, mais un
abandon délicieux l'envahissait de plus en plus. L'émotion
qu'elle venait d'éprouver, en voyant le jeune homme sus-
pendu au flanc des roches, lui avait laissé un tremblement
intérieur. Ils s'avancèrent avec lenteur sur une grève ; sous
leurs pieds, le gravier, fait de débris de coquillages, criait
comme dans les allées d'un jardin, et ils ne parlaient plus.
Il lui montra deux larges fissures, *Le Trou du Moine Fou* et
La Grotte du Chat. Elle entra, leva les yeux, eut seulement
un petit frisson. Quand ils reprirent leur marche, le long
d'un beau sable fin, ils se regardèrent, ils restèrent encore
muets et souriants. La mer montait, par courtes lames
bruissantes, et ils ne l'entendaient pas. M. Chabre, au-dessus d'eux, se mit à crier, et ils ne l'entendirent pas davantage.

– Mais c'est fou ! répétait l'ancien marchand de grains, en
agitant son ombrelle et son panier d'arapèdes. Estelle !…
monsieur Hector !… écoutez donc ! vous allez être gagnés !
vous avez déjà les pieds dans l'eau !

Eux ne sentaient point la fraîcheur des petites vagues.

– Hein ? qu'y a-t-il ? finit par murmurer la jeune femme.

– Ah ! c'est vous, monsieur Chabre ! dit le jeune homme.
Ça ne fait rien, n'ayez pas peur… Nous n'avons plus à voir
que *La Grotte à Madame*.

M. Chabre eut un geste de désespoir, en ajoutant :

– C'est de la démence ! Vous allez vous noyer.

Ils ne l'écoutaient déjà plus. Pour échapper à la marée
croissante, ils s'avancèrent le long des rochers, et arrivèrent enfin à *La Grotte à Madame*. C'était une excavation
creusée dans un bloc de granit, qui formait promontoire.
La voûte, très élevée, s'arrondissait en large dôme. Pendant
les tempêtes, le travail des eaux avait donné aux murs un

poli et un luisant d'agate. Des veines roses et bleues, dans la pâte sombre du roc, dessinaient des arabesques d'un goût magnifique et barbare, comme si des artistes sauvages eussent décoré cette salle de bain des reines de la mer. Les graviers du sol, mouillés encore, gardaient une transparence qui les faisait ressembler à un lit de pierres précieuses. Au fond, il y avait un banc de sable, doux et sec, d'un jaune pâle, presque blanc.

Estelle s'était assise sur le sable. Elle examinait la grotte.

– On vivrait là, murmura-t-elle.

Mais Hector, qui paraissait guetter la mer depuis un instant, affecta brusquement une consternation.

– Ah! mon Dieu! nous sommes pris! Voilà le flot qui nous a coupé le chemin... Nous en avons pour deux heures à attendre.

Il sortit, chercha M. Chabre, en levant la tête. M. Chabre était sur la falaise, juste au-dessus de la grotte, et quand le jeune homme lui eut annoncé qu'ils étaient bloqués:

– Qu'est-ce que je vous disais? cria-t-il triomphalement, mais vous ne voulez jamais m'écouter!... Y a-t-il quelque danger?

– Aucun, répondit Hector. La mer n'entre que de cinq ou six mètres dans la grotte. Seulement, ne vous inquiétez pas, nous ne pourrons en sortir avant deux heures.

M. Chabre se fâcha. Alors, on ne dînerait pas? Il avait déjà faim, lui! c'était une drôle de partie tout de même! Puis, en grognant, il s'assit sur l'herbe courte, il mit son ombrelle à sa gauche et son panier d'arapèdes à sa droite.

– J'attendrai, il le faut bien! cria-t-il. Retournez auprès de ma femme, et tâchez qu'elle ne prenne pas froid.

Dans la grotte, Hector s'assit près d'Estelle. Au bout d'un silence, il osa s'emparer d'une main qu'elle ne retira pas. Elle regardait au loin. Le crépuscule tombait, une poussière d'ombre pâlissait peu à peu le soleil mourant. À l'horizon, le ciel prenait une teinte délicate, d'un violet tendre, et la mer s'étendait, lentement assombrie, sans une voile. Peu à peu, l'eau entrait dans la grotte, roulant avec un bruit doux des graviers transparents. Elle y apportait les voluptés du large, une voix caressante, une odeur irritante, chargée de désirs.

– Estelle, je vous aime, répétait Hector, en lui couvrant les mains de baisers.

Elle ne répondait pas, étouffée, comme soulevée par cette mer qui montait. Sur le sable fin, à demi couchée maintenant, elle ressemblait à une fille des eaux, surprise et déjà sans défense.

Et, brusquement, la voix de M. Chabre leur arriva, légère, aérienne.

– Vous n'avez pas faim ? Je crève, moi !… Heureusement que j'ai mon couteau. Je prends un à-compte, vous savez, je mange les arapèdes.

– Je vous aime, Estelle, répétait toujours Hector, qui la tenait à pleins bras.

La nuit était noire, la mer blanche éclairait le ciel. À l'entrée de la grotte, l'eau avait une longue plainte, tandis que, sous la voûte, un dernier reste de jour venait de s'éteindre. Une odeur de fécondité montait des vagues vivantes. Alors, Estelle laissa lentement tomber sa tête sur l'épaule d'Hector. Et le vent du soir emporta des soupirs.

En haut, à la clarté des étoiles, M. Chabre mangeait ses coquillages, méthodiquement. Il s'en donnait une indigestion, sans pain, avalant tout.

6

Neuf mois après son retour à Paris, la belle Mme Chabre accouchait d'un garçon. M. Chabre, enchanté, prenait à part le docteur Guiraud, et lui répétait avec orgueil :

– Ce sont les arapèdes, j'en mettrais la main au feu !… Oui, tout un panier d'arapèdes que j'ai mangés un soir, oh ! dans une circonstance bien curieuse… N'importe, docteur, jamais je n'aurais pensé que les coquillages eussent une pareille vertu.

42

Achevé d'imprimer en Allemagne (Pössneck)
par GGP en octobre 2003 pour le compte de E.J.L.
84, rue de Grenelle 75007 Paris
Dépôt légal octobre 2003
1er dépot légal dans la collection : septembre 1994

Diffusion France et étranger : Flammarion